後宮の生贄妃と鳳凰神の契り

唐澤和希

STARTS
スターツ出版株式会社

目次

後宮の生贄妃と鳳凰神の契り

プロローグ

鳳凰神《ほうおうしん》により豊穣《ほうじょう》を約束された炎華国《えんかこく》は実に豊かな国だった。

鳳凰神とのかつての盟約のために、国は毎年たくさんの実りに恵まれており、この国の者たちは飢えを知らない。

その恵まれた国の都ともなれば、まばゆいばかりに美しい。

通りに並ぶ店屋はどれも色鮮やか。白い漆喰《しっくい》の壁に海の絶景を描く店もあれば、柱が黄金に塗られていたり、門に宝石や金箔《きんぱく》がちりばめられていたりする店もある。

門や看板は赤に緑に黄色と様々な色で彩られ、それに負けまいとするかのように、都にいる人々も華美な衣を纏《まと》っていた。

少し派手にすぎるが、どこもかしこも活気に満ちて、人々の顔も生き生きとしている。

そんな華やかな都でひとり、暗い顔で佇《たたず》む少女の姿があった。

十歳になるその少女は、物欲しそうに菓子を取り扱う店の前で立ち尽くす。

菓子屋の中では少女の兄たちが物珍しい菓子をあれもこれもと買え与えられて、満足そうな笑みをこぼしはしゃいでいる。彼らの両親と、仙術道場《せんじゅつどうじょう》の門下生に囲まれながら、兄たちは実に幸せそうに見えた。

それを少し離れたところで見ながら、少女は悲しそうに唇を噛《か》む。

少女の名は、江瑛琳《こうえいりん》。皇帝に仕える名誉ある役人——仙術武官を輩出する仙術道場しかし周りの者には聞こえないのか、甘いお菓子に夢中な兄たちも、そんな彼らのことばかり気にかける両親も、周りの門下生たちにも反応がない。

一瞬気のせいかと思ったところで、再び『助けてくれ』と先ほどより大きく声が聞こえてきた。

助けを呼ぶ声はあまりにも必死だった。今すぐ助けなければ死んでしまいそうなほどである。

「あの、なにか聞こえませんでしたか？」

瑛琳は意を決して、見張りのようにして近くに立っている門下生にそう尋ねるが、彼は一瞬面倒そうな顔をした後に、首を振る。

「なにも聞こえませんが？」

「あの、男の人の声で……助けてって……」

「はあ。気のせいでは？」

どうでもよさそうな返事だった。

瑛琳のそばには四人ほどの門下生がついていたが、彼らとしても本当は兄たちと一緒に店の中で菓子を食べ、茶を飲み、ひと息つきたいのだろう。だが、瑛琳がいるため、お預けをくらっているのだ。

その顔に、貧乏くじを引いたという不満の色がありありと浮かんでいる。

「どうせ瑛琳様が、気を引きたくてなにか言っているだけだ」

「懲《こ》りないお方だ」

誰のものかはわからないが、門下生の中から蔑《さげす》むような忍び笑う声が聞こえてきた。

瑛琳は怒りよりも恥ずかしさで顔をこわばらせ、うつむいた。

ここに瑛琳の味方はいない。誰もが、瑛琳を疎《うと》んじている。

両親が、そして仙術道場の門下生たちが瑛琳を虐《しいた》げるようになったのは、三年前。瑛琳が七歳の年だった。

もともと、両親は仙術武官になり得る男児、兄たちを溺愛し、娘の瑛琳に対しては放置気味ではあった。

だから両親に構ってもらいたかった瑛琳は、その手段として愚かにも神通力を選んだ。

道場の様子を見るに、神通力に優れ、様々な仙術を扱える者を、道場主である両親は褒め称えていたからだ。

神通力が優れていたら褒められる。つまりは両親に愛してもらえる。

そう思った瑛琳は、両親の前で仙術を披露し、自身の身に宿す神通力の大きさを示した。

その力は両親が溺愛する兄たちよりもはるかに優れ、門下生たちの力すら凌駕《りょうが》していた。それがいけなかった。

皇帝に仕える仙術武官には、女ではなれない。どれほど神通力が強くても、女であっては江家には一切の得がないのだ。

それどころか、江家の男たちが、女よりも力が劣ると知れ渡ればどうなるか。

両親や兄たち、そして門下生らは、己の才のなさを棚に上げて瑛琳を疎んじた。

女のくせに、妹のくせに、娘のくせに。

それからずっと、瑛琳は邪険にされるだけ。愛されることもなく、嫌がらせを受けるようになった。

ここに、瑛琳の居場所はない。

『助けて、くれ……』

うつむいていた瑛琳はハッとして再び顔を上げた。

またはっきりと男の声が聞こえる。しかも、明らかに先ほどよりも弱っている。

（このままではきっと……死んでしまう）

最悪の予感に、瑛琳の足が微かに震える。

しかしまだ十歳の子供になにができるだろう。周りの大人たちは、瑛琳の言葉に聞く耳を持ってくれない。

(きっとこれは幻聴。それに……私は誰かに助けてもらったことなんてない。助け方なんて……わからない)

今まで瑛琳は誰にも相手にされなかった。悲しみに沈んでいても、誰も助けてくれない。なのに、どうして瑛琳が助けなくてはいけないのか。

だが……。

「瑛琳様!?」

慌てふためく門下生の声が後ろから聞こえた。

気づけば、瑛琳は助けを呼ぶ声の方へと駆け出していた。

(私は確かに、人の助け方なんて知らない。でも誰からも省みられず、助けてもらえない人の気持ちは誰よりもわかっている……!)

誰にも見向きもされない孤独はとても悲しく、つらい。

そんな思いを、自分以外に誰にも味わってほしくなかった。

瑛琳は助けを呼ぶ声を頼りに路地裏へと回る。

そうして瑛琳は見つけた。

路地裏の塵溜《ごみだ》めに、男が倒れているのを。

男が纏った朱色の服は質のよいもののようにも見えたが、血と泥で汚れそのほとんどが破れて傷んでいる。年は若そうだが、顔も体も血や泥にまみれてよくわからない。

「だ、大丈夫ですか!?」

あまりの姿に悲鳴のような声で男に問いかけるも返事はない。

恐る恐る男の胸元に触れると、微かな温もりと、呼吸の体動を感じた。

（まだ、生きている……！）

だが、このままではおそらく死んでしまう。背中に大きな傷があるらしく、そこから血が流れている。服についた血の量もすでに多い。

「瑛琳様！　なにをしているのですか!?」

苛立《いらだ》たしげな声が後ろから聞こえた。瑛琳の後を追いかけてきた門下生たちだった。

「早く！　誰か、癒術《ゆじゅつ》をかけて！　死んでしまうわ！」

必死に瑛琳が呼ぶと、門下生たちはいつも大人しい瑛琳の声に驚きつつも、瑛琳の前に横たわる男のもとへとのろのろとやってきた。そして男を見るなり顔をしかめる。

「ひどい出血と、傷です。これはもう癒術をかけても助かりません」

門下生のひとりの言葉に、瑛琳は絶望した。

癒術というのはその名の通り、体を癒す仙術だ。ちょっとしたかすり傷ならたちまちに治してくれる。

だが、どんな力も限度がある。これほどまでの傷は、癒術では治せない。

「では、この人が、弱って死んでいくのをただ黙って見ていろというのですか!?」

瑛琳の口から悲鳴のような声が漏れる。

「ですが、できないものはできない」

いつも通りの呆《あき》れ返ったような門下生の声。

（せっかくここまで来たのに、結局なにもできないなんて……）

瑛琳は唇を噛んだ。

目の前で、ひとつの命が失われようとしている。必死で助けを呼び、しかし助けられずに見捨てられる。

なぜか、瑛琳は倒れ伏す男と自分が重なって見えた。

……見捨てられない。

「……あなたたちができないなら、私がやります。墨と筆を！」

そう言って、門下生のひとりに手を突き出す。

仙術を使うには道具が必要だ。それが墨と筆。

仙術は、己の神通力を文字に流し込んで、術を発現させる。

「な、なにを……！　瑛琳様に貸せる仙術道具などありません！」

門下生がそう声高に叫ぶと、瑛琳はきっと眉を吊《つ》り上げた。

「人命を前によくもそのようなことを……！」

瑛琳は門下生たちを強く睨《にら》みつけたが、彼らはふんと鼻を鳴らして見下すような視線を返すのみ。

このままでは埒《らち》があかないと、瑛琳は彼らに頼むのをやめることにした。

本来は墨と筆が必要だが、代用できるものはある。

瑛琳は己の人差し指の腹を噛み切った。

鈍い痛みとともに、口の中に血の味が広がる。

だが、これで筆と墨の代用品がそろった。

瑛琳は、服が破れて肌が露《あら》わになっている男の胸元に指を運ぶ。

そして神通力を注いだ。

家族と門下生たちに疎まれた原因である神通力。もう一生使うこともないと思っていたものだった。

瑛琳は、血を持って彼の肌に【癒】の文字を描く。

男を助けるために、瑛琳は己自身忌《い》み嫌っていた力のすべてを、その癒術に込めるのだった。

第一章　鳳凰神の生贄花嫁

墨に入れている香料、麝香《じゃこう》の匂いが室の中を満たしていた。

しんと静まり返った中で、さらさらという、墨汁をつけた筆と紙が擦れる音が心地よい。

襖《ふすま》や壁のない室はとても開放的で、暖かな昼の日差しが降り注ぐ中、赤、紺、桃色といった色鮮やかな衣を纏った女たちが、平机を並べて書に励んでいた。

教壇から、煌《きら》びやかに着飾った彼女たちを見た江瑛琳は思わず頬を緩めた。

（まるで花畑にいるみたい）

彼女たちは炎華国の後宮に住まう妃や公主たち。そして瑛琳はそこで仙術を教える教師だった。

仙術の腕前は江一族の誰よりも優れているが、女であるというだけで武官になることもできず、その力を眠らせていたところに皇帝からお声がかかった。

後宮で妃や公主らに仙術を教え、神通力を鍛えてくれないか、と。

どこにも自分の居場所がなく、力を持て余していた瑛琳はその話に飛びついた。

そうして、こうやって後宮の片隅で教鞭《きょうべん》をとって、早くも一年が過ぎようとしている。

「それでは、書をいったん止めて」

教本をパタリと閉じて瑛琳がそう告げると、生徒たちは脱力したように机に突っぷした。

随分と疲れたようだ。少女特有の可憐《かれん》な声で「疲れましたぁ」と正直に吐露《とろ》する者もいる。

「皆さん、最初の時と比べたらとても成長しましたよ。初めは筆に神通力を込めて文字を書く、それ自体できなかったのですから」

先ほどまでの授業は、ただの書の演習ではない。神通力を文字に流し込む修業だ。仙術の基本中の基本の動きである。

教え初めの頃は、墨に神通力を流すことすら難しかった生徒たちだったが、今では文字にして百文字ほどは余裕を持って書けるようになった。

瑛琳の言葉に、生徒たちは疲れた顔ながらもどこか誇らしげな笑みではにかむ。

「江先生！　私の書を見てください！　結構頑張ったと思うのです！」

ひとりの生徒がそう言って手を挙げたので、瑛琳は頷《うなず》いて彼女のそばに行く。

瑛琳に預けられた生徒は、後宮の中でも歳の若い妃や公主で、多くが十五歳ほど。十七歳になったばかりの瑛琳とも歳が近く、教師と生徒という関係ではあるが距離が近い。

「いい出来だわ。これほどうまく神通力を扱えるのなら、そこらへんの仙術武官にも引けを取らないと思います」

「本当ですか！　やったー！」

無邪気な声で喜ぶ生徒を微笑ましく瑛琳は見つめる。幼さの残る彼女も年若い妃のひとり。

後宮の妃たちは、皇帝の寵愛を競うために集められてきた。

だが、今代の皇帝には、すでにたくさんの御子《みこ》がいる。加えて老齢に差しかかり、皇帝はあまり後宮に姿を見せなくなった。

そうなれば、後宮などただのつまらない牢獄《ろうごく》だ。することもなく無為《むい》に過ごすしかない。

後宮に入ったばかりの年若い妃にとって、その刺激のない生活はただの毒。

ならば仙術の授業が、彼女たちの暮らしのせめてもの慰めになればいいと瑛琳は思うのだった。

瑛琳はひとりひとり言葉を交わしながら、生徒たちの出来を見る。

そして最後の生徒のところに行って、思わず顔を曇らせた。

「珠蓮《じゅれん》公主、体調でもお悪いのですか？」

珠蓮は、瑛琳が見ている生徒の中で、唯一公主の地位にいる生徒だった。

彼女も十五歳。漆黒《しっこく》の髪は、夜空の月を映す湖面のようにいつも艶々《つやつや》と輝き、神秘的な紫の瞳は宝玉のように美しかった。

年相応のあどけなさがありながらも匂い立つような女の魅力も持つ美しい少女。

いつも光り輝くような笑みを浮かべるその顔が、今は悲しそうに眉尻が下げられていた。

「体調は、悪くはないと思うのですが……」

珠蓮はそう告げると、チラリと自分の書に視線を移す。

珠蓮の書は、ほとんど白紙だった。最初に三文字ほど書き込まれていたが、その三文字も、神通力がうまく通っていない。

「まあ、珠蓮公主様、最近、あまり調子がよろしくないようですね」

周りの妃からも驚きの声が漏れる。

珠蓮は、今までずっと、この教室の中で最も優秀な生徒だった。

だが、最近になって、なぜかうまく神通力が扱えなくなってしまい、授業のたびに落ち込む姿を見るようになった。

悲しそうに下げられた珠蓮の肩に瑛琳は手を回し引き寄せる。

「そう落ち込まないでくださいませ。仙術を教える身である私が言うのも、あれですが、別に仙術など使えなくてもよいのですから」

「……でも、お父様……陛下は私たちに仙術を習わせようとしていますのよ。その期待に応えないといけません」

「陛下のお考えを私のような者が推し量るのもおこがましいとは存じますが、公主様方に悲しい思いをしてほしくて習わせているわけではないはずですよ」

皇帝が突然、女教師を宮中に招き入れて仙術を教え始めた理由は、瑛琳も知らない。だが、可愛がっている公主を悲しませたくてしているわけではないはずだ。

「そうで、しょうか……」

珠蓮は顔を上げて瑛琳の顔を不安そうに見上げる。安心してほしくて瑛琳は笑みを深めてみせた。

「もちろんです。私が今まで嘘を教えたことがありますか？」

瑛琳がそう言うと、珠蓮は戸惑うように目を見開く。そしてなぜか、歪《いびつ》な笑みを浮かべた。そう、瑛琳は感じた。

「……そうですね。瑛琳先生は、正直なお方ですもの」

そこにあったのはいつもの幼くも美しい、珠蓮公主の穏やかな笑み。先ほどの、どこか憎しみを帯びたよう笑みは見間違いだろうか。

「きゃあ！　見てください！　またいらしてますよ！」

生徒のひとりから黄色い声があがると、教室にいた誰もが外を見た。

襖や壁を取り払って風通しをよくしているため、室内からも外の様子がよく見える。

外といっても、ここは後宮なので見えるのは内庭だが。

その内庭に、威厳にあふれた白髪まじりの男性を輿《こし》に乗せて歩く集団がいた。輿に乗った彼こそが、この後宮の女性たちの主人であり、国の頂点である皇帝その人であった。

齢にして六十を過ぎ、髪も白髪が目立つが肌は年齢のわりには若々しく張りがある。若い頃は、誰もが憧れる美男子だったという噂《うわさ》だ。

「はあ、今日も悠炎《ゆうえん》様、素敵でございます……！」

「本当ですねぇ」

うっとりするような他の生徒たちの声。口々で、悠炎という名が出る。それはもちろん皇帝の名、ではない。

若かりし頃は美男子だったであろう皇帝だが、ここにいる若い妃たちの視線は、残念ながら皇帝ではなく、皇帝の輿のすぐ後ろで付き従う長身の武官に注がれていた。

赤茶の服に、革の鎧《よろい》を身につけたその武官は、目を見張るような美男子だった。

鮮やかな朱色の髪を後ろに縛り、すっと通った鼻梁《びりょう》に、涼しげな目元。颯爽《さっそう》と歩く姿は、物語から抜け出た貴公子のようである。

少し離れてはいたが、女性の黄色い声というのは往々にして響きやすい。妃たちの声に気づいた悠炎という美男子がこちらを見た。

そしてきゃあきゃあ騒いでいる妃たちに甘い笑みを返すと、軽く片手をあげて振ってみせた。

「きゃあ……！　手を振ってくださったわ……！」

「どうしましょう！　素敵すぎて死んでしまいそうです……！」

妃たちは、きゃっきゃと悠炎の笑みの魅力について称賛を送り始める。

中には、「素敵すぎて、もう立てない……」と腰を抜かしている者までいた。

先ほどまで真面目に授業に集中していたとは思えない騒ぎようである。

思わず瑛琳は、はあ、とため息を落としてこめかみを押さえた。

（悠炎ったら、あんな風に笑顔で手を振らなくても……。これではもう今日は授業にならないわ）

瑛琳は恨みがましく悠炎を見て、呆れたような気持ちで内心嘆く。

悠炎は、若くして皇帝の専任侍衛筆頭に昇り詰めた仙術武官で、武官の地位が高い炎華国では誰もが一目置く存在だ。加えて顔の造形も整っているために、女性からの人気も高い。

瑛琳だって彼のことは気にはなっている。だが、それは彼が優秀な仙術使いだからとか、美男子だからではなく、彼とは古い付き合いだからだ。

悠炎こそが、瑛琳が十歳の時に、都で命を助けた人なのだ。

あの時、助けを呼ぶ声を頼りに彼を見つけ、生きているのが不思議なほど傷つき衰弱していたのを、瑛琳が癒術を使って救ったのである。瑛琳の神通力の強さを隠したい親は、その現場を目の当たりにして、悠炎ともども屋敷に連れ帰った。

しかし、悠炎は倒れている以前の記憶を失い、行き場を失くしていた。見た目からして年齢は十代後半のように見えたが、それまでの記憶がないため実際の年齢もわからない。かろうじて覚えていたのは名前だけ。

瑛琳の力を隠したい親はこれ幸いとばかりに、彼を門下生にして囲い込むことにした。門下生というのは、道場主一家の小間使いのような仕事もする。

悠炎は、瑛琳の家族らにひどくこき使われるようになった。

瑛琳は何度もかばおうとしたが、もともと瑛琳の言葉を聞いてくれる家族ではない。しばらく、悠炎は瑛琳とともに不遇な扱いを受ける日々を過ごしたが、それはさほど長く続かなかった。悠炎の神通力が凄《すさ》まじかったからだ。

ひとつを教えると十を覚えるかの如《ごと》く様々な知識を吸収し、その長身を生かした槍《そう》術《じゅつ》も群を抜いていた。気づけば門下生の中で一番の実力者に上り詰めていた。

今では、未だ陛下の御目通りすら敵わない一介の仙術武官である瑛琳の兄たちよりも出世をし、江家の道場の者たちは誰も悠炎には逆らえない。

そしてそのことは、瑛琳の立場も変えた。

悠炎は、命を救ってくれた瑛琳に恩を感じていて、瑛琳が不当な扱いを受けそうになるといつもかばってくれた。

悠炎に逆らえない親や兄たちは、悠炎の手前、瑛琳になにも言えなくなった。

こうして、瑛琳が後宮での仕事を得られたのも悠炎のおかげと言える。皇帝が女性の仙術使いを探しているという情報を持ってきたのは悠炎だ。瑛琳を表に出したくない親は当然反対したが、悠炎には逆らえないためにこの仕事につくことができた。

悠炎には感謝をしている。感謝しているが、あの軟派な性格はどうだろうと思ってしまう。

「はあ、江先生が羨《うらや》ましいです！　あんな素敵な人と一緒にいられて……」

もう悠炎の姿は見えなくなったというのに、まさそこに彼がいるかのようにポーッとしながら生徒のひとりが言った。

「江先生の仙術道場の方なのですよね？　悠炎様ってどのような方なのですか？」

きゃっきゃと頬を朱に染めながら、生徒たちが瑛琳の周りに集まってきた。

（仙術について聞かれるのなら嬉しかったのだけど……）

仙術に関する質問でさえ、こんなに熱心に聞かれたことはない。

思わず苦笑いが浮かぶが、でも、楽しそうな生徒たちの顔を見るのは嫌いじゃない。

たまにはこういうのもいいかもしれない。息抜きも大事だ。

いつものことだった。

誰かが反応を返すまで、瑛琳はずっと額づき続けなければならない。

一度、勝手に自室に戻ろうとしたらひどく叱られたことがある。

つまり、瑛琳を困らせたくてわざと無視しているのだ。

幼い頃から家族に虐げられていた瑛琳だったが、江家の門下生の中でも出世頭である悠炎のおかげで、普通の生活ができるようになった。

でもそれはあくまで、悠炎の目がある時だけ。悠炎が勤めで不在の間は、今まで通り、瑛琳を虐げて楽しんでいる。

今日は、いつになったら帰してくれるだろうか。

瑛琳が頭を下げながら、そんなことを思っていると……。

「お前ら、瑛琳が戻ってんのに、その態度はなんだ？」

男の太い声が道場に響いた。

その声は迫力に満ちており、淡々と組み手をしていた門下生たちの動きが一斉に止まった。

瑛琳の父に至っては、明らかにその声の迫力に押される形で肩をびくつかせている。

瑛琳は顔を上げると、自分のすぐ斜め後ろにいた男を見上げた。

「悠炎……」

年若い妃たちにきゃあきゃあと騒がれていた赤髪の美青年、悠炎がいた。鎧は身につけていないが、後宮で見かけた時と同じように武官服を着ている。

(なぜ、ここに悠炎が。今はまだお勤めの時間のはず……)

不思議に思っていると。瑛琳の父が媚《こ》びへつらうような情けない笑みを浮かべた。

「お、おお、悠炎ではないか。こんな時間に道場に顔を出してくれるとは珍しい。勤めはどうしたのだ?」

取り繕うように瑛琳の父は尋ねる。他の門下生たちは、慌てて一斉に頭を下げていた。

悠炎はそれらを見て不機嫌そうに鼻を鳴らした。

「陛下に少しばかりの暇をもらったんだ。それよりなんだ、この状況は? なぜ瑛琳が声をかけているのに、誰も反応しない」

そう瑛琳の父に問い詰める悠炎の表情は鋭かった。美形の凄《すご》みとはこれほど恐ろしいものなのかと、瑛琳は目を瞬かせる。

「あ、い、いや、ただ気づかなかっただけだ! 他意はない! 瑛琳、戻っていたのならもう少し大きな声で……」

「は? なに言ってやがる、瑛琳は十分声を張り上げていた。外にいた俺の耳にも聞こえていたんだからな」

「あ、ああ、そうだったか……。いかんいかん、最近、耳が悪くてな……ははは」

瑛琳の父は、焦ったようにそう言うと、乾いた笑い声をあげた。

悠炎はしばらく睨みつけていたが、しゃがみ込んで瑛琳に手を差し伸べる。

「大丈夫か？　瑛琳」

心配そうに目を優しく細める悠炎。

先ほどまで瑛琳の父や他の門下生たちを震え上がらせていた者と同じ人に思えない。

瑛琳はその変わりようがどこかおかしく感じて笑みを作る。

「ええ、ありがとう。大丈夫」

そう答えて、悠炎の手に自分の手を置き、ゆっくり立ち上がると改めて父に頭を下げた。

「ただいま、戻りました。もう少し大きな声が出るように精進いたします。それと、本日ご報告しなくてはならないことがありますので、お勤めの後にお時間をいただけますでしょうか」

「あ、ああ、わかった……」

悠炎がいなければ、おそらく『お前に割く時間などない』と一蹴されていただろう。

だが、今は運よく悠炎がいてくれる。とてもありがたかった。

だけどそれと同じくらい悲しくもあった。

結局、どんなに尽くそうとも、己は父にとって邪魔者にすぎないのだと、こういう時に一番身に染みる。

瑛琳は微かに自嘲《じちょう》するような笑みを浮かべて身を翻《ひるがえ》した。

次は母に挨拶をしに行かねばならない。

そしてその次は……。

「瑛琳、どこに行くんだ？」

後ろから悠炎の声がかかった。瑛琳は振り返らずにそのまま先へと進みながら口を開く。

「これから、母にもご挨拶を。その後は、家事仕事がありますから急がなくては。悠炎は忙しいでしょう？　私のことは大丈夫だから……きゃ」

と、答えている途中で、後ろから右手首を掴《つか》まれつんのめった。驚いて振り返ると、不機嫌そうな顔をした悠炎が瑛琳を見ている。

「江家には、使用人がいる。瑛琳が家事仕事をする必要はない」

「ですが、人手が足りないみたいで……」

江家には何人かの使用人がいるが、一番きつい水仕事は瑛琳の仕事だった。女主人である母にそう言いつけられている。

「それなら、新しく雇えばいいだけだ。俺の稼ぎの一部もこの道場に入っている。決して少なくない額だ。金には余裕があるはずだ」

悠炎は立場上、江家の仙術道場の門下生となる。門下生から皇帝に仕える武官になると、武官の報酬の一部が出身道場にも入るのだ。

それは成果をあげるごとに増すので、出世頭で皇帝からの覚えもめでたい悠炎経由で入る道場の収入は少ないものではないだろう。

「そうかも、しれませんが……」

煮え切らない態度の瑛琳に苛立ったのか、悠炎は瑛琳の両肩に手を置いて真正面から向き合った。

「もうよせ。どんなに、瑛琳が奴らに尽くそうと、瑛琳が求めるものは返ってこない」

その言葉に、瑛琳は目を見張る。

悠炎の言葉はまっすぐで、それ故に鋭い。

瑛琳がどんなに尽くそうとも、家族が自分を見てはくれないこと。本当は自分自身がよくわかってはいる。わかっているのに、それでも、瑛琳はもしかしたらと思ってしまう。

（でも、そうね。もうそろそろ、終わりにしないといけない……）

珠蓮から聞いた話が、頭によぎる。

「悪い。奴らはいけ好かないが、それでも、瑛琳にとっては家族だ。悪く言われていい気持ちがしないかもしれない……だが、あんな奴ら、瑛琳が気を遣う価値なんか少しもあるとは思えない」

悠炎の言葉に、瑛琳は改めて彼を見上げる。恐ろしいほど整った顔が目の前にあった。

とても心配そうに、慈《いつく》しむように見つめてくる眼差しに、たまに勘違いしそうになる。

だが悠炎は女性には優しい性分の男だ。それに、悠炎が瑛琳に優しいのは、命を助けてもらった恩を感じてのこと。ただ、それだけだ。

いつまでもその恩を盾に、彼に縋《すが》りついていきたくない。そんなことのために、瑛琳は彼を助けたわけではない。

彼だって、いつかは好きな人ができて、そして瑛琳のもとを離れていくだろう。

そうなった時に、行かないでとわがままを言いたくなかった。

自分は命の恩人だと笠《かさ》に着るようなことはしたくない。重荷になりたくない。

なぜなら、悠炎も、瑛琳にとって恩人なのだ。それは家族からかばってくれたことだけではない。

悠炎を救えたことで、救われたのは瑛琳自身だった。なにもできない、自分にはなんの価値もないと信じていた幼い瑛琳に、自分にも誰かを助ける力があるのだとそう信じさせてくれた。

そうやって、壊れそうな瑛琳の心を救ってくれたのだ。

「……ありがとう、悠炎。そうね、悠炎の言う通りだわ。私ももう幼い子供ではないのだし」

瑛琳の言葉にほっとしたのか、悠炎は嬉しそうに破顔する。

悠炎は本当に優しい。

誰かに大切に扱われたことのない瑛琳には、彼の優しさが嬉しく、そして同時に恐ろしくもある。

たまに、この優しさを失ったら生きていけないような気がする時がある。でも、そんなふうに思ってはいけない。

彼をあの時助けたのは、自分の意思。彼を自分のものにしたいから助けたわけではない。

なにもできないと思っていた幼い瑛琳が、彼の命を救えたことは、今でも瑛琳の誇りのひとつ。

小さかった瑛琳の勇気を、大人になった自分の弱さで汚したくなかった。

「なあ、お嬢、これから一緒に食事に行かないか？　どうせここの奴らは瑛琳の食事を用意するなんていう気の利いたことはしないだろ。美味《おい》しい店を見つけたんだ。それに……話したいことがある」

そう言って甘い笑みをこぼす。

妃たちが、そろいもそろってかっこいいと見惚《みと》れる気持ちがいやというほどわかる魅力的な微笑みだ。

いつも見慣れている瑛琳でさえ、少しどきりとさせられる。

思わず視線を逸らした。

「悠炎……あまりそのお顔で微笑まない方がいいかもしれないわ」

「ん？　なぜだ？　なんかおかしいか？」

「おかしいということはまったくないけれど……」

むしろおかしいところが少しぐらいあった方がよかった。

あまりにも素敵だから、直視できなくなる、などと言っても仕方のないことである。

「いえ、なんでもありません。ぜひそのお店に連れていってください。……私も、お話ししたいことがあるんです」

父には夜に話すが、悠炎には今を逃せばいつ直接話せるかわからない。気は重いが、いつかはわかること。早めに伝える方がよいように思えた。

そうしてふたりは、邸を出ると廣香楼《こうこうろう》という店に着いた。

その店を見て瑛琳は息を呑んだ。

立派な金と朱色で塗られた門構え、他の店よりも一段高い建物の最上階には露台の席があるらしく、都を一望できそうな眺めはさぞや絶景だろうと思えた。

加えて店の作りも凝っている。軒反りの優美な屋根は宮中の建物とも遜色《そんしょく》がないほど立派で、朱塗の窓枠に描かれた金色の幾何学模様も見事だった。

明らかな高級店だとわかる。

瑛琳はこんなところで食事なんて、と断ろうとしたが、悠炎は「大丈夫だ」と言ってほぼ強引に店の中へと連れていかれた。

店主とはすでに顔見知りのようで、悠炎が声をかけると速やかに店で一番よい個室へと案内された。先ほど絶景だろうと思った例の露台の席だ。

周りを見渡すと、飾られている調度品も一級品ばかり。卓も椅子も繊細な透かし彫りがされた優美なもので、正直自分がこんなところで食事をするのは場違いな気がした。

せめてもの救いは、後宮務めということで、この場にいてもさほど浮かない格好をしていたことだろうか。

普段の格好だったら、おそらく店に入る前に止められていただろう。

どうも落ち着かない。

一方の悠炎は、慣れた様子で食事を注文していた。もちろん、緊張している瑛琳の分まで。

しばらくして卓に並べられた食事は想像通り豪華なものだった。

羊肉の煮込み、干し帆立の羹《こう》、空芯菜の炒め物、中身はわからないが、非常にいい匂いのする点心の数々。

江家は裕福だが、家族に蔑ろにされている瑛琳自身はあまりその恩恵を受けたことがない。目の前に出された料理のどれもが、瑛琳が口にしたこともないような高価なものである。

「悠炎は、いつもこんなところで食べているの？」

思わず聞いてしまった。

「いつもってわけじゃない。以前、上官に連れていってもらっておいしかったから、いつか瑛琳と来ようと思って、それで最近少し通っただけだ」

「そう……」

いつもではないにしても、何度か通っているらしい。さすがは皇帝の覚えもめでたき優秀な仙術武官というところだろうか。

瑛琳はしばらく呆然《ぼうぜん》としていたが、悠炎はこれが美味しいんだと次々におすすめしてくれるので、それに合わせて口に運ぶことにした。

まず口にしたのは、羊肉の煮込み。肉がほろほろに柔らかくしっとりしていた。店特製という甘辛いタレと非常に合っていて、確かに美味しい。

単純なもので、美味しいものを食べたら、やっと瑛琳の気持ちも落ち着いてきた。

（そういえば、もうこうして外で自由に食事をするのも最後かもしれないものね……）

瑛琳は内心ひとりごちる。

最後の貴重な思い出と考えて純粋に楽しもうという気持ちになった。

「悠炎、とても美味しいわ。こんなに美味しいもの、食べたことない」

「だろ？　だが、瑛琳の作る料理も負けてない」

「まあ……！」

瑛琳は小さい頃から料理を仕込まれているが、それでもこれほどの高級店に劣らないというのはさすがに言いすぎだ。思わず声を立てて笑う。

緊張が解けたのもあって、その後はふたりでたわいない話をしながら食事を楽しんだ。

こんなに楽しい気分になったのはいつぶりだろうかと、瑛琳は顔を綻《ほころ》ばせる。

悠炎が皇帝専属の筆頭仙術武官になってから、確かに瑛琳に対する家族の態度は和らいだ。幼い頃に比べれば幾分か生きやすくなったが、悠炎が出世をすればするほど彼と一緒にいられる時間も減っていく。

こうやってのんびりふたりで食事をするのは、久しぶりだった。

瑛琳がそう思って顔を上げると、こちらをまっすぐ見つめる悠炎と目が合った。

ずっと瑛琳を見ていたのだろうか。悠炎の顔には穏やかな笑みが浮かんでいる。

思わず目を見張ると、悠炎はふっと花が綻ぶように美しく表情を緩める。

「よかった。元気が出たみたいだな。なんだか今日は、いつもより元気がなかったみたいだから」

「え？　そ、そんなにわかりやすかったかしら……」

確かにため息などを落としていたような気はするが、でも、そこまで顔に出していた覚えはなかったのに。

恥ずかしく感じて思わず下を向く。

「瑛琳のことならなんでもわかる。ずっと、見ていたからな」

悠炎から、思ってもみないことを言われて思わず顔を上げる。

そこには恐ろしいほど魅力的に笑う彼がいた。

思わず息が止まる。

あの日塵溜めに転がっていた彼が、これほど魅力的な男になると誰が想像しただろうか。

しかも、居候で肩身の狭い思いをしていた彼を、微力ながらも瑛琳は必死で守ろうとしていたのに、今では逆の立場だ。

悠炎は力をつけ、家族に虐げられていた瑛琳の生活を一変させた。

悠炎が来てから、瑛琳は救われた。家族から守り、それでも家に居場所がない瑛琳のために教師という仕事も紹介してくれた。

瑛琳は今の生活に満足していた。こんな日々が続いていくような気がしていた。

けれど……。

「どうかしたのか？」

瑛琳の様子が気になったのか、悠炎がそう尋ねてきた。

「悠炎、話しておきたいことがあるの。聞いてくれるかしら？」

「ああ、もちろん構わない。なんだ？」

なんともないように聞く悠炎から、思わず瑛琳は視線を逸らす。

顔を横に向けると、色鮮やかな建物が立ち並ぶ炎華国の都が広がっていた。

五階建ての店の露台からは、予想通り都が一望できる。そのどれもこれもが、小さく見えたが、ひとつだけ大きな存在感を放つ一角があった。

高い塀に覆われたその場所には、妃や公主が住まう後宮と、皇帝が政務を執り行う外廷がある。

塀の向こうにはそれよりも高い、優美な建物がずらりと並んでいた。華やかなようにも見えるが、しかし……あそこは間違いなく鳥籠《とりかご》だ。

それを複雑な思いで眺めた瑛琳は、悲しげな笑みをこぼす。

「あのね……私ね、後宮に入ることが決まったの」

珠蓮公主とのやりとりを思い出しながら、瑛琳はそう言った。

授業の後、珠蓮公主に呼び出されて伝えられたのは、瑛琳が皇帝の妃に召し上げられることになったという話だった。

「なに？　どういうことだ？」

「……今日ね、珠蓮公主から、私を妃に召し上げるという書簡を見せられたの。陛下の御璽《ぎょじ》も押されていた。間違いのないことよ」

「そんな馬鹿な……」

なんとなく、悠炎の顔が見れなくて、瑛琳は後宮がある場所を見つめ続けた。

もうすぐあそこが、瑛琳の居場所となる。

もともと、生まれ育った家にも居場所がなかった。ならば、別に大したことではない。

ただ、少しだけ、少しだけ悲しいのは、もうこんなふうに悠炎と一緒に過ごすことができないからだろうか。

ただ悠炎は皇帝の筆頭仙術武官なので、今日の授業の時のようにたまに後宮で見かけることはあるかもしれない。それだけで、満足しよう。

瑛琳は再び悠炎と向き直る。

「そういえば、悠炎も私に話したいことがあると言っていたけれどなにかしら？」

悠炎が、瑛琳を食事に誘う時にそのように言っていたことを思い出した瑛琳は、悠炎を心配させたくなくて、極力明るい口調で尋ねた。

「俺の話は……」

悠炎にしては珍しく弱々しい声でそう言うと、戸惑うように瞳を揺らす。

そしてなぜか、自分の左胸のあたりに手を置いた。

そこになにかあるのだろうか。それにしても顔色が悪い。

「どうしたの？　悠炎、大丈夫？」

瑛琳がそう尋ねると、顔を伏せた悠炎が首を横に振る。

「……大丈夫だ。俺の話はまた、今度にする」

「そう……」

気落ちした様子の悠炎は、その後なにかを考えるようにぼーっとしてばかりで、ほとんど無言だった。

そうしてその日は食事を終え、別れた。

これが、瑛琳が後宮に入る前に最後に悠炎とふたりで過ごした時間となった。

◆

瑛琳は皇帝の妃のひとりとなった。

以前の暮らしよりも、正直豊かになった部分はある。衣も上質なものとなったし、食事も冷めきっていることを除けばそう悪いものではない。

それになにより、実家にいる時のように、こき使われることもないし嫌なことを言われることもない。

だが、心はどこか空虚だった。

新しい妃が来たとて、高齢の皇帝が瑛琳を訪ねてくることもない。

なぜ、瑛琳が妃として呼ばれたのかもよくわからないが、せめてもの救いは以前と同じように仙術の教師を続けられることだ。

年の近い生徒たちとの触れ合いが、瑛琳の慰めだった。

いや、慰めはそれだけではない。

「きゃあ、悠炎様だわ！」

仙術の授業中、生徒たちの間で黄色い声があがった。

彼女たちの視線の先を辿《たど》れば、皇帝に付き従う悠炎の姿があった。

いつもの赤茶の武官服を見事に着こなし、後ろに結ばれた赤の髪をなびかせている。

そしてこちらの声に気づくと、軟派な笑みを浮かべて手を振った。

相変わらずな彼の様子に、呆れ半分になりながらも、久しぶりに顔が見られたことに嬉しく感じている瑛琳がいる。

「悠炎様って、本当に素敵な方ですわよね」

瑛琳のすぐ隣で、柔らかな声が聞こえて振り返ると、珠蓮公主がいた。

可憐な顔にはたおやかな笑み。頬を赤く染めて、瞳を軽く潤ませながら悠炎を見つめるその姿は、あまりにも美しくて、瑛琳は息を呑んだ。

それと同時に、なぜか胸が痛い。

なぜ胸が痛むのか、瑛琳にはわからない。

しかししばらくして、瑛琳はその理由を思い知らされることとなった。

授業を終えて、ひとりで教室の片付けをしていると、微かに声がしたのだ。

ひとりは後宮では珍しくもない女性の声。しかしもうひとりは、明らかに低い男性の声だ。

後宮では滅多に聞くことのない男性独特の低音を訝《いぶか》しく思った瑛琳は顔を上げた。

ふたりの声は、外から聞こえる。後宮の庭だ。

なぜか無性に気になってしまった瑛琳は、その声を頼りに進んでいく。

足袋《たび》で庭を歩き、低木の茂みから声のする方を覗《のぞ》き込むと……。

（あれは、珠蓮公主様と、悠炎……？）

悠炎と珠蓮公主が向き合ってふたりで話し込んでいた。

悠炎は女性たちを虜《とりこ》にするいつもの甘い笑みを浮かべ、珠蓮公主も同じく可憐に微笑みながら見つめ合っている。話の内容までは聞き取れないが、ふたりが真剣になにかを話し合っているのはわかる。

瑛琳の鼓動が早鐘を打つ。

どう見ても、愛し合う男女が人目を忍んで逢瀬《おうせ》を重ねているようにしか見えなかった。

後宮内は基本、男子禁制だ。悠炎のように皇族に直接仕える者は、特別に入ることを許されているが、妃と必要以上に近づくことや言葉を交わすことは禁止されている。かろうじて皇帝の妃以外の女性、つまり女官や公主ならば許されてはいるが、それでも控えるべきもの。

だから、悠炎も珠蓮公主も、人目を憚《はばか》っているのだろう。

ただただ呆然と、仲睦《なかむつ》まじそうなふたりを、見たくもないのに目を逸らせずに見ていると……悠炎がなにかを取り出した。

目を凝らしてみると、悠炎の手の中でそれは光に照らされて輝いた。

あれは……。

(鼈甲《べっこう》の櫛《くし》だわ。しかも、赤い珊瑚《さんご》の玉を散らした、とても上等なもの……)

悠炎はその櫛を、珠蓮公主に渡した。公主が嬉しそうに受け取る。

その様を見て、瑛琳は一瞬息ができなかった。

(悠炎と、珠蓮公主様は……恋人同士だったの?)

男性が、女性に櫛を贈ることには、『末長く、髪が白くなるまで一緒にいよう』という意味がある。つまりは、結婚を申し込む時に贈るもの。

あまりのことに瑛琳は足の力が抜けて、その場に座り込んだ。

ちょうど、低木の葉が壁となって、ふたりから視線を逸らすことができた。

だが息がうまくできない。浅い呼吸をなんとか繰り返し、そしてこれほどまでに動揺している自分自身にまた焦る。

(私……私は……)

悠炎のことを素敵だと思ったことは何度もある。でも、それは、もっと穏やかで、年若い妃たちが憧れるのと同じような、ありきたりな気持ちだと思っていた。

だからこんなに、動揺している自分自身が信じられない。

瑛琳は震える両手で顔を覆う。

先ほどは運よく足の力が入らなくなったから、座り込むだけにとどめることができた。

だが、もし、そうでなかったらきっと瑛琳は……ふたりの間に割って入り、口汚く悠炎を責め上げていたかもしれない。

瑛琳は信じられない思いで震える自分の手を見つめる。

珠蓮と悠炎の仲睦まじい姿を目にした瞬間、暗い感情が沸き起こった。

悠炎の命を助けたのは、自分だ。自分は悠炎の命の恩人だ。自分がいなければ、のたれ死んでいたくせに、他の女性にうつつを抜かすのは許さない。自分以外の他の誰かのものになるなど許さない。

どす黒い感情の渦から汚らしい言葉が瑛琳の口から飛び出そうになって、瑛琳は青ざめた。

(ああなんて、なんて私って、醜いの……悠炎に感謝こそすれ、責めるだなんて！)

瑛琳は自分自身の中に、これほどに苛烈《かれつ》で、これほどに醜い思いがあるとは知らなかった。

悠炎が誰を好きだとしても、それは彼の自由だ。瑛琳だってわかっている。わかっているのに、苦しい思いと彼を責め立てたいという攻撃的で暗い思いが瑛琳の体を駆け巡《めぐ》る。

(私は、悠炎を愛していたの……？　でも、これが愛だとしたら、なんて……醜いの)

愛とはこんなに自分勝手で醜いものなのだろうか。

命を助けたのをいいことに、まるですべてが自分のものだと言わんばかり。あまりにも傲慢に過ぎる。

幼い頃に悠炎を助けたあの時の純粋な気持ちが、どろどろに汚れてしまった気がした。

無力な子供だった小さな瑛琳が初めて勇気を奮って成し遂げたあの誇らしい気持ちが、崩れていく。醜く成長してしまった弱い瑛琳のせいで。

（こんなに醜いのですもの……父や母、それに兄様方が私に見向きもしなかったのも、当然なのだわ）

幼い頃を思い出し、自嘲の笑みをこぼした時に、はたと気づいた。

瑛琳は人から愛されたことがない。それはつまり、愛し方を知らないということではないだろうか。

人を愛す方法を知らないから、こうやって今まさに悠炎に暗い思いを抱いてしまっている。

父や母が瑛琳にしたように、悠炎を支配しようとしているのではないか。それを愛だと思い込んで。

（私に人を愛する資格なんて、ないのだわ）

しばらく瑛琳はその場に座り込み、項垂《うなだ》れる。もう一歩も動けないような気がした。

しかし、近くでかさりと衣ずれの音が。

「あら……江先生ですか？　こんなところでどうしたのです？」

鈴を転がすかのような、可愛らしい声が頭上から聞こえて瑛琳はゆっくりと顔を上げる。

そこには、太陽を後光のように背負って微笑む珠蓮公主がいた。

改めて見ると、本当に美しい人だと思った。悠炎が好きになるのもわかる。

優しげな微笑みは、きっと誰をも魅了する。その魅了された者の中に、悠炎がいただけ。

「あ、もしかして、見ていたのですか？　その……悠炎様とのこと」

微かに頬を染めて、珠蓮がはにかむようにそう言った。

幸せそうな微笑みが眩《まぶ》しくて、思わず瑛琳は目をすがめる。

「ええ……見ていたわ。その、悠炎とはいつから？」

思いのほかに冷静な声をかけることができて、瑛琳は内心ほっとしていた。

どれほど心の中が嫉妬でぐちゃぐちゃになっていようとも、それを表には出したくない。こんな醜い感情を持っているのだと、気づかれたくない。

表向きは、表向きだけでも、悠炎を救った幼い自分の純粋な気持ちを、誇らしかった気持ちを汚したくはなかった。

「半年ほど前からです。素敵だと思って、私から声をかけて」

「まあ、そんなに前から。全然気づかなかった。……さっき、櫛をもらっていたわね？　あ、ごめんなさい、見るつもりはなかったのだけど、目に入ってしまって……」

「まあ！　そこまで見ていらしたの？　恥ずかしいわ。そうなの、悠炎様が、私にこれを。ずっと一緒にいたいと言って……」

そう言って、悠炎に渡されたであろう櫛を瑛琳に見せてくれた。

先ほどは遠くてよく見えなかったが、見事な鼈甲の櫛だった。蜂蜜《はちみつ》色の鼈甲に花模様が掘られている。そして大きな珊瑚の玉が三つ、綺麗に並んでいた。

これほど赤く綺麗に輝く珊瑚の玉なら、それなりの値がしただろう。

今や悠炎は皇帝直属の仙術武官の筆頭とはいえ、これほどのものを用意するのは簡単ではなかったはずだ。

公主である珠蓮と釣り合うために、きっと無理をして手に入れたのだろう。

「素敵な、櫛ね。悠炎の気持ちが伝わってくる」

瑛琳がそう言うと、珠蓮の顔は林檎《りんご》のように赤くなった。

純粋で、可愛らしい珠蓮公主。

それに比べて、自分は今どんな顔をしているだろうか。うまく笑えていればいいのだが。

瑛琳は静かにゆっくり息を吐き出した。

（大丈夫、いつも通りに振る舞えている）

たとえ心の中がどうであろうとも、悠炎と珠蓮公主を祝福しているように振る舞おうと瑛琳は決めた。

それがどれほど苦しいことだとしてもやり遂げる。

大丈夫。瑛琳は、耐えることには慣れている。


それから、一ヶ月ほどが過ぎた。

あれから、頻繁に珠蓮公主と悠炎の逢瀬を目にするようになった。

今までただ気づかなかっただけなのか、それとも逢瀬の回数が増えたからなのか、それはわからない。

だが、彼らふたりが少しも離れていたくないとばかりに密かに後宮で逢瀬を重ねる様を見るたびに、瑛琳の胸は傷んだ。

珠蓮公主はとても尊き公主の身分だが、今や国一番の仙術使いと名高い悠炎とならば十分釣り合う。今までも、皇帝の娘である公主や、妃でさえも、臣下の活躍次第で下賜されることは何度もあった。

おそらくふたりが正式に結ばれる日は遠くない。

その日までに、どうにかしてふたりを祝福できるよう気持ちを整理できればよいのだが……。

そう思っていた矢先に、転機が訪れた。

皇帝に呼ばれたのである。

それは妃としてではなく、仙術の教師としての呼び出しだった。

「して、仙術の上達具合はどうだ？」

皇帝の声は高齢故に多少張りはないがそれでも威厳に満ちている。

瑛琳は緊張しながらも口を開いた。

「もともと、神通力の素養を高く持つ方々がいらしていましたので、皆様とても優秀にございます」

「そうか。では、その中で一番優秀な者は誰だ？　特に神通力が強い者は？」

思ってもみなかった質問に、瑛琳は一瞬口を噤《つぐ》む。

なぜ、そのようなことを聞かれているのかわからない。いや、そもそも、後宮で女性たちに仙術を教える意図を瑛琳は知らなかったことを思い出す。

「どうした？　誰が一番神通力が強いのだ」

焦《じ》れたように尋ねられて、瑛琳は慌てて頭を下げた。

「仙術の扱いならば、廣妃嬪《こうひひん》と劉貴人《りゅうきじん》が優れているかと。以前は珠蓮公主様が特段に優れていましたが、長らく不調が続いておりますので」

「ふむ。……では純粋に神通力が強いのは誰だ」

皇帝の意図がわからない。だが、瑛琳は聞かれたことを答えるしかない。

「神通力の強さで言うのでしたら、それは間違いなく珠蓮公主様でございます」

瑛琳がそう言うと、一瞬皇帝が息を呑むのがわかった。

いったい、なぜ皇帝はこのようなことを尋ねるのだろう。瑛琳の脳裏に漠然とした不安がよぎる。

しばらくの沈黙の後、皇帝は後ろに控えていた老齢の宰相を呼びつけた。

「鳳凰神様へ捧げる花嫁が決まった。花嫁は珠蓮とする。珠蓮を連れてくるのだ」

皇帝の言っていることが、最初よくわからなかった。

不敬であろうことも忘れて、瑛琳は思わず顔を上げる。

「鳳凰神様に捧げる花嫁……？」

炎華国は建国以来ずっと、鳳凰という深紅の翼を持つ巨鳥の神の庇護《ひご》にある。

鳳凰神のおかげで、炎華国の大地は豊穣が約束されていた。

しかし、その見返りに、炎華国は定期的に鳳凰神に花嫁を捧げねばならなかった。

捧げられた花嫁がどうなるかはわからない。誰ひとりとして戻ってきたことがないからだ。

花嫁と体よく言われるが、つまりは国の豊かさを保つための生贄《いけにえ》である。

「へ、陛下！　お待ちください。なぜ！　なぜ花嫁の話が出るのでしょうか!?　確か、三年ほど前に玲貴妃《れいきひ》が嫁がれたはずです……！」

瑛琳が気にかかったのは、そのことだった。三年ほど前にすでに妃がひとり、神に捧げられている。新しい生贄を捧げるには早すぎるのだ。

瑛琳の無礼を皇帝は咎《とが》めはしなかったが、代わりに冷めた視線を送った。

「玲貴妃では、鳳凰神は満足されなかったのだ。そして鳳凰神は新しい花嫁を要求された。……神通力の強い人間の娘を捧げろと仰《おお》せだ」

皇帝の言葉に、瑛琳は目を見開いた。

神通力の強い娘――。

その言葉を聞いて、瑛琳は今まで疑問に思っていたことの答えが見えた気がした。

なぜ、一年前に突然、後宮で仙術を教えることになったのか。なぜ、集められた公主や妃はみな若かったのか。

通例として、花嫁は皇族の中から選ばれる。それは、皇帝と血が近い公主だけでなく、後宮に囲われた妃たちも含まれる。

実際、三年前、若く美しかった玲妃嬪が花嫁に選ばれ、貴妃に昇格させた上で鳳凰神に捧げられた。

「では、妃様や公主様に仙術を教えるよう私にお命じになられたのは……」

震える唇でそこまで話すが、あまりにも恐ろしくなってその先の言葉が出なかった。

瑛琳の戸惑いを知ってか知らずか、皇帝が先を続けた。

「お前に仙術を教えるように言ったのは、花嫁の選定のためだ」

皇帝の言葉に、今まで瑛琳が教えていた生徒たちの笑顔が浮かぶ。

彼女たちとの出会いもちょうど一年前。最初は、突然仙術を学べと言われて戸惑っている者が多かった。

しかし、言葉を交わし、笑顔を向け合い、少しずつ、少しずつ、距離が近くなっていき……。今では、瑛琳の授業を楽しみにしてくれるようになった。それなのに。

(それが、すべて、花嫁の選定のため?)

その事実に体が冷え切っていく。

瑛琳は、生贄を選ぶために仙術を教えていたということだろうか。彼女たちと心を通わせたのも、生贄を選ぶため?

確かに、瑛琳はなにも知らなかった。でも、なにも知らないからといって、これは許されることなのだろうか。なにも知らない生徒たちを騙《だま》していたということではないだろうか。

だって実際に、生贄は選ばれてしまった。瑛琳の生徒の中から……珠蓮が。

珠蓮。彼女の顔を思い出して、瑛琳はハッとした。

(珠蓮が花嫁に選ばれたということは、つまり……)

戸惑う瑛琳の耳に、聞き慣れた声が聞こえてきた。

「嫌、嫌です！　私は……私は生贄になんてなりたくありません！」

悲痛な声だった。泣きじゃくりながら誰かが部屋に入ってきた。いや、連れてこられたと言った方が正しいかもしれない。

瑛琳が呆然と横を見ると、宦官に引きずられるようにしてやってきた珠蓮がいた。

そして珠蓮公主は瑛琳を見つけると、宦官の手を振り払い、瑛琳に縋りついてきた。

「江先生！　江先生！　助けてください！　私、生贄花嫁になんてなりたくない！　だって、私には、もう愛している人がいるのに！　ねえ、江先生なら、わかっているでしょう!?　江先生！」

泣き濡れた真っ赤な瞳で、瑛琳を見上げる。

抵抗したのだろう、髪はひどく乱れていた。その髪が涙で顔に張りついている。

突然の宣告に顔色は青ざめて、痛々しいほどだった。

「珠蓮公主様……」

珠蓮公主と同じぐらい青ざめた顔で、瑛琳は目の前の少女の名を呟《つぶや》く。

最近は、いつも幸せそうな顔をしていた。

悠炎との逢瀬のことを、瑛琳にこっそり教えてくれることもあった。

悠炎が、愛していると言ってくれた。ずっとそばにいたいと抱きしめてくれた。青が似合うと言って、瑠璃《るり》の玉を贈ってくれた。

正直なところを言えば、瑛琳にとってはあまり聞きたい話ではない。だが、ふたりの関係を唯一知っている瑛琳に、恋に夢中な珠蓮は話したくてたまらないといった様子だった。

悠炎の話をする時の、珠蓮公主はとても幸せそうで……。

でも今は、その顔が絶望に染まっている。

脳内に、珠蓮公主の声が響いてきた。

『助けて。助けて……』

必死に助けを求めるその声は、確かに珠蓮公主のものだけれど、彼女が直接口にしたものではない。

この声は、瑛琳の持つ異能の力【乞助《きつじょ》の傾聴《けいちょう》】によるものだった。

瑛琳には、助けを求める心の声が聞こえる。この力のおかげで、かつて悠炎を助けることができた。

そして今度は、悠炎の愛する人が、同じように心の声を響かせて助けを呼んでいる。

「珠蓮よ、いい加減にせんか。そなたも皇族の娘であるなら、みっともない姿を晒《さら》すでない。覚悟を持て。……年々、作物の収穫量が減ってきている。今年の実りも期待できそうにない。このままいけば、我が国の民の多くが飢え死にする。……そうなる前に、鳳凰神に花嫁を捧げねばならぬのだ」

皇帝の厳しい声に、珠蓮公主が目を見開く。父である皇帝に見捨てられたように感じたのかもしれない。

しかし、瑛琳にはわかった。それは皇帝の本心ではない。なぜなら、瑛琳には皇帝の助けを求める声が聞こえたから。

『嫌だ、失いたくない。娘を……助けてくれ……』

娘を想う、皇帝の心の声だった。

玉座に座る皇帝は、そんな想いを抱えているとは思えないほどに冷静な表情をしていた。

珠蓮は皇帝の末の娘。特別に可愛がっているという話は後宮にいる者なら誰もが知っている。

本当は生贄になどやりたくないのだ。だが、国のために捧げようとしている。

「嫌、嫌……江先生、私、生贄花嫁なんて嫌……」

珠蓮公主が涙に濡れた瞳でそう呟き、再び瑛琳の胸に縋りつく。

思わず瑛琳は、珠蓮公主の背中に腕を回し、抱きしめた。

珠蓮はしゃくりをあげながら泣いて、そして瑛琳の耳に顔を寄せる。

「私が生贄花嫁になったら、悠炎が悲しむわ。だって、私たちは愛し合っているのだもの」

囁《ささや》くように呟かれたその声は、おそらく瑛琳しか聞こえなかっただろう。

瑛琳はハッと目を見開き、そして悠炎のことを想った。

家族に虐げられていた瑛琳を助けてくれた悠炎。優しく、そばにいてくれた彼の微笑み。

瑛琳が彼に向ける気持ちと、彼が瑛琳に向ける気持ちの違いはあれど、それでも大切にしてくれた。大切にしてくれていると思わせてくれた。

そしてなにより、なにもできなかった幼き日の瑛琳に、誰かを助けられるだけの力があると教えてくれた。

その悠炎が珠蓮公主と逢瀬を重ねている時の、優しげな微笑みが瑛琳の脳裏に映し出される。

（悠炎、愛しているわ。あなたのあの笑顔を曇らせたくない……）

瑛琳の中で、覚悟が決まった。

「珠蓮公主様、ご安心くださいませ」

瑛琳はそう言って、珠蓮の背中を撫《な》でる。

顔を上げた珠蓮と目が合うと、どうにか笑みを作った。

「江先生……？」

「珠蓮公主様はこちらに座ってお待ちを」

瑛琳はそう言って、珠蓮から少し離れると、改めて姿勢を正して皇帝に頭を下げた。

「陛下にお詫《わ》び申し上げたいことがございます」

「なに？」

「私は、最も神通力が強い者は珠蓮公主と申しましたが、あれは誤りでございました」

「……ふん、珠蓮に泣かれて嘘を申す気か。そうはならん。鳳凰神は、最も神通力の強き者を求めている。それには誠実に応えねばならん。我が国の民の命がかかっているのだ。今さらなにを言うたとて、もう決定を覆《くつがえ》す気はない」

内心では、娘が花嫁に選ばれたことを嘆いているというのに、皇帝はまったくそれを表に出さなかった。そのことに改めて瑛琳は敬服し、より深く頭を垂れた。

「いいえ、嘘を申し上げる気はございません。ただ事実を述べたまで。後宮にいる娘たちの中で最も神通力が強い者は、珠蓮公主ではございません」

「……では誰だと申す？」

瑛琳は、顔を上げた。

「後宮で、もっとも神通力が強い娘は……私にございます」

瑛琳がまっすぐ皇帝を見据えて言うと、皇帝は片眉を上げた。

「江家からの報告では、仙術の扱い方は知っていても、もともとの神通力は弱いと聞いていたが？」

「大変申し訳ございません。女の身である私の神通力が、江家の誰よりも強いことを恥じて、父上が嘘を申し上げたのです」

「なんだと？」

そう言って、皇帝は眉を寄せて鋭い眼差しを瑛琳にぶつける。

瑛琳は皇帝の眼差しを真正面から受け止めた。

しばらくして、皇帝は険しい表情のまま口を開く。

「嘘を言っているようには見えぬ。だがにわかに信じがたい」

「でしたら、証拠をお見せしましょう。紙と墨と筆をいただけますか」

瑛琳がそう言うと、皇帝は顎をしゃくって、宦官に道具を用意するように命じた。

それらの道具が手元に届くと、瑛琳は墨汁に筆先をつけながら、口を開く。

「陛下は、【圧】という仙術をご存じでしょうか。ほんの一瞬だけ、相手の動きを止める仙術です。比較的簡単なので、初級の仙術使いが戦場などでたまに使われるようですね」

そう説明しながら、瑛琳は墨で濡れた筆先を紙の上にのせる。

豊穣を約束された炎華国は豊かな国ではあるが、だからこそ近隣諸国が放っておいてくれない。その豊かな土壌を求めて頻繁に戦を仕掛けられる、戦の絶えない国だった。

「まさか、【圧】の仙術が使えるから、神通力が強いと主張するつもりか？　馬鹿馬鹿しい。そのような初歩的な術を示したところでなんになる」

皇帝の不満げな言葉を聞きながら、瑛琳は静かに筆にたっぷりと神通力を通わせ、【圧】の字を書いた。

「な……！」

「きゃ……」

その場にいる者たちから、くぐもったような苦しげな声が漏れた。

そして立っていた宦官らが一斉に膝を折り、床に手をつける。全身にとてつもない圧がかかり立っていられないのだ。

瑛琳の近くで座り込んでいた珠蓮も、手をつきうずくまるような姿勢となった。

それは玉座にて座していた皇帝にしても同じ。とてつもなく重たいものが肩に乗ったかのような感覚に襲われ、体勢を崩して大きく腰を折っていた。

「これは……なんだ……。これが、まさか【圧】の術だというのか……」

脂汗を滲《にじ》ませながら、皇帝が苦しげにそう口にする。

驚きの眼差しで、この場で唯一平然と顔を上げている瑛琳を見つめた。

本来、【圧】の術というのは、ほんの一瞬相手の動きを止めるほどの力しかない。

しかも相手の気迫の強さによっては、動きを止めることすらできないこともある、脆弱《ぜいじゃく》な術だ。

しかし、今、まさに目の前で行使された瑛琳の術には確かな質量が感じられた。

息をすることとすらままならないほどの圧だ。加えて、一瞬というにはあまりにも長い。

少しして瑛琳は、自らが【圧】と書いた紙を縦に破った。

すると、ふ、とその場の空気が変わる。

なにか見えない力で押し潰されそうになっていた宦官たちが戸惑うように肩を上げた。

うずくまっていた珠蓮も顔を上げる。

皇帝も、上体を起こして信じられないものを見るような目で、瑛琳を見た。

瑛琳は両手を組み、そして頭を下げる。

「誠に無礼な振る舞い、どうぞご容赦《ようしゃ》くださいませ。しかし、力を示すにはこちらが早いと愚考いたしました。そして、重ねて無礼を申し上げる形になり大変恐縮ではございますが、恐れながら私の力を前にすれば、公主様のお力は児戯《じぎ》に同じでございます」


一介の仙術使いの女が口にするには、あまりにも傲慢にすぎる口ぶりだった。

だが、この場にいる者の中で、烏滸《おこ》がましいなどと思う者は当然いない。

瑛琳の力を前にして、誰もがただただ呆然としていた。


瑛琳の妃としての身分は、妃嬪という下級の位だったが、皇帝の勅命《ちょくめい》を受けて貴妃へと昇格した。

そして、鳳凰神への生贄花嫁となることが決まった。

貴妃への昇格は、神に捧げる貢物の品位を上げるための配慮である。

瑛琳が花嫁として鳳凰神に捧げられた。

その報《しら》せに一番衝撃を受けたのは、悠炎だった。

彼は、報せを聞くと、まっすぐに皇帝のもとに詰めかけた。

「陛下！　約束が違うではありませんか！　私が次に武功を立てれば、瑛琳をくださると約束してくださったはずです！」

国の頂点に立つ者に対してあまりにも無礼な振る舞いだった。

皇帝の侍衛らが激昂《げっこう》する悠炎を諫《いさ》めるように取り囲み拘束するも、悠炎の勢いは収まらない。

腕や足を拘束する武官たちを引きずるようにして、前に進む。

皇帝はそんな悠炎をただ静かに見つめた。

「致し方ないことだ。鳳凰神様が求めるのは、我が国で最も強い神通力を持つ花嫁。ならば、彼女しかいない」

瑛琳の神通力の強さを知る悠炎は、やっと動きを止めてその場に立ち尽くした。

「最も強い神通力？　それは……。ですが、なぜ、鳳凰神様が花嫁に神通力の強さを求めるのだ⁉　今までなかったはずだ、こんなことは！」

「神の御心を我々が知るよしもなし。だが、鳳凰神様の仰せになることは絶対だ。そうでなければ、我が国から豊かさが消えてゆく」

「豊かさなど……！」

悠炎が呪うように、そう吠えた。

「確かに、鳳凰神様は我が国に豊穣を約束した！　だがそのせいで、周りの国々からこの豊かな大地を狙われ、戦が絶えないではないか！　それで本当に豊かだと言えるのか⁉」

皇帝に対しての言葉としてはあまりにも無礼に過ぎた。だが、皇帝はそれを咎めずただただ冷静に、激高する悠炎を見る。

「国の在り方にお前がとやかく言う資格はない。実際、この国から鳳凰神の加護が消えればどうなる？　瞬く間に国力を失い、隣国に蹂躙《じゅうりん》されるだろう。お前は、なんの罪もない無辜《むこ》の民が苦しんでもよいというのか」

「それは……」

冷静に諭す皇帝の言葉に、悠炎は言葉を失う。

悠炎も、なんの罪もない者たちに苦しんでほしいわけではない。

今まで、悠炎が戦場で戦ってきたのも、皇帝が言うようにただ平和に暮らしたいと願う民のためでもある。

だが……。

「俺が戦ってきたのは、確かに無辜の民のためだ。だが、その民の中に瑛琳がいるからこそ、そう思っていたのだ！　瑛琳が犠牲になるというのなら、俺は……」

悠炎は拳《こぶし》を握る。

悠炎が戦ってきたのは、ただただ、愛する瑛琳のためだ。

悠炎が初めて瑛琳を見た時、彼女はまだ十歳の子供だった。

体中がひどく痛み、塵溜めの上で倒れていた時に駆けつけてくれた少女。

記憶すらも曖昧《あいまい》で、かろうじて名前はわかるが、自分が何者かも、どうしてこんな状態になったのかすらわからない。

そんな時に、瑛琳が来てくれたのだ。

瑛琳を追って集まってきた大人たちが、もう無理だと言っている声も聞こえてきた。

悠炎自身、もう自分は助からないと思っていた。

だが、それでも瑛琳は諦めず、そして救ってくれた。

それからしばらく瑛琳とともにいた。

瑛琳が、家族と折り合いが悪いことにはすぐに気づいた。それでも、拾われたばかりの悠炎を幼いながらに必死に守ろうとしてくれた。得体の知れない男である悠炎に、優しく微笑んでくれた。

初めは確かに、恩人だからという気持ちで瑛琳のそばに仕えていた。

だがそれは瑛琳が美しく強く成長するのを目の当たりにしていく中で、すぐに別の思いに変わっていく。

「悠炎、お前が憤る気持ちは理解できなくもない。だが、生贄花嫁に志願したのは、江貴妃自身だ。その意味がわかるか？　志願しなければ、ゆくゆくはそなたと一緒になれると知っていながら、鳳凰神の貢物の道を選んだということ。彼女自身が、そなたとの未来を捨てたのだ。江貴妃は、そなたが思っているほどにはそなたを愛していないのだろう」

皇帝の言葉に悠炎は衝撃を覚えて、一歩後ずさる。

「瑛琳が……？」

悠炎の声は微かに震えていた。

先ほどまで猛っていた悠炎の顔に怯《おび》えの色が出た。

「そんなはず、ない……。瑛琳には、俺の気持ちを伝えて……」

悠炎は両手で顔を覆った。そして、記憶をたぐり寄せる。

（本当は、あの日、瑛琳を食事に誘った時に……）

悠炎は、瑛琳とふたりで食事をしたあの日に、結婚を申し込むつもりだった。

そのために、雰囲気もよくて食事も美味しい店を探したし、結婚を申し込むための品も用意した。赤い珊瑚の玉をつけた鼈甲の櫛だ。

鼈甲の透き通った琥珀色は、瑛琳の瞳の色。赤い珊瑚の玉は、悠炎自身の瞳の色。

瑛琳のことを想って、特別に作らせたものだった。

だが、その日、瑛琳から思ってもみないことを言われた。

後宮に入る、と。

頭が真っ白になって、それ以降のことはよく覚えていない。

しかし後になって冷静になり、それでも、瑛琳を諦められないと思い知った悠炎は皇帝に直接頼んだのだ。

瑛琳が欲しいと。

すると皇帝は、悠炎が武功を立てれば下賜しようと快く承諾してくれた。

もともと皇帝は、末娘の珠蓮公主が強くねだったから瑛琳を後宮に召し上げたということで、執着はなかったのだ。

それから、悠炎は瑛琳にも自分の想いを伝えるために、珠蓮公主を訪ねた。

本当は瑛琳に直接伝えたかったが、いくら皇帝の許可を得ているといっても、妃となった瑛琳に接することは規則によって禁止されている。だが、公主ならばそれほど厳しくはない。故に悠炎は珠蓮公主を通じて、秘密裏に伝えてもらおうとしたのだ。

珠蓮公主は、自分のわがままでふたりを引き離してしまったことを申し訳なく思ったようで、仲を取り持つことに協力的だった。

悠炎の想いを瑛琳に伝えてくれたし、その想いに対する瑛琳の返事も聞いてくれた。

珠蓮公主によれば、瑛琳は悠炎の求婚を喜んでいると言っていたはずだ。

だから悠炎は、珊瑚と鼈甲の櫛を預けたのだ。瑛琳に渡してほしくて。

「そんなはず、そんなはずがない……！　瑛琳は……俺の気持ちに応えてくれていた！」

悠炎はそう言い捨てると、その場を走り去った。

おそらく悠炎は、皇帝専属の仙術武官の任を解かれるだろう。でもそれでも構わなかった。

悠炎はそのまま外邸から内邸へ、つまり後宮に足を踏み入れた。そして後宮の東区画に居を構える、珠蓮公主のもとへと向かう。

息を切らして辿り着くと、ちょうど珠蓮公主がひとり、庭に咲く紫陽花の花を眺めていた。

「珠蓮、公主……」

後ろからそう声をかけると、髪をなびかせて珠蓮公主が振り返る。そして悠炎と目が合うと、ふうわりと柔らかく微笑んだ。

「まあ、悠炎様！」

いつもの穏やかな雰囲気。いや、いつもよりも機嫌がよさそうに見える。

珠蓮公主は悠炎のもとまで駆け寄ると、抱きついてきた。

「ふふ、嬉しい！ちょうど悠炎様のことを考えていたの！　そうしたら、本当に悠炎様がいらしてくださったなんて！」

楽しげな笑い声とともに、そんなことを言う珠蓮公主に悠炎は戸惑った。

まさか瑛琳が生贄として捧げられたことを知らないのではないだろうかと、疑問を抱く。

「……瑛琳のことは聞いておりますか？」

「江先生のことですか？　ええ、もちろん。鳳凰神様の花嫁様になられたのですよね。おめでたいことですわ」

珠蓮のその言葉に悠炎はかっとなって、抱きつく珠蓮を乱暴に引き剥《は》がした。

「めでたいことなどあるものか！　珠蓮公主、あなたは俺の気持ちを知っているはずだ！　よくもそんなことを……」

「え？　悠炎様のお気持ち？　ええ、もちろんわかっております。悠炎様はずっと瑛琳様を好きだと勘違いされていたのでしょう？　でも、悠炎様、もう己を偽らなくていいのですよ。悠炎様が本当に好きなのは、私だわ」

完璧な笑みを浮かべて、少しの迷いもなくそんなことをのたまう珠蓮公主に、悠炎は戸惑いのために眉根を寄せた。

「は？　なにを言って……」

「悠炎様、安心してくださいませ。私も愛しておりますわ。もう邪魔者もいなくなったのです。悠炎様、素直になってくださいませ」

「邪魔者？　まさか、瑛琳のことを言っているのか!?」

「ええ、そうですよ。悠炎様は私のことが好きなのに、素直になれなかったのは江先生に邪魔されていたからでしょう？」

「なにを、なにを言っているんだ……！　俺が愛しているのは、瑛琳だけだ！」

「……きゃ！」

縋りつこうとする珠蓮を思い切り突き飛ばすと、珠蓮公主が地面に倒れた。

その拍子に、彼女の袂《たもと》から櫛が落ちる。

鼈甲でできた、珊瑚の玉の櫛。悠炎が、瑛琳に贈ったはずの櫛だ。

悠炎は、地面に落ちた櫛を拾い上げた。

「なぜ、お前がこれを持っている……？　まさか、瑛琳に渡していなかったのか？　……いや、そもそも、俺の気持ちすらも」

瑛琳に伝わっていなかったのか。

櫛を見ながら青ざめた顔でそう呟くと、すぐ隣から耳障りな笑い声が響いた。

「あは、あははははは。悠炎様、あんな女、お忘れくださいませ。私の方が美しいではありませんか。それに、あの女、化け物でしたわ。知っていますか？　あの女の神通力の強さ。あんなのが人のふりをしてそばにいたなんて、ああ恐ろしい！」

「お前！　よくも……！」

たまらず悠炎は珠蓮公主の首に手をかけた。

そのまま地面に押し倒すも、珠蓮公主は口角をニヤリと上げたまま笑っている。

そして口を開いた。

「江先生が力を隠してさえいなければ、最初から私が生贄の候補に挙がることもなかったのよ。そうしたら私だってお父様の愛を疑わずに済んだのに」

「なにを、言って……」

訝しむ悠炎の耳に、珠蓮公主の名を呼ぶ女官たちの声が聞こえてきた。

さすがに少し騒ぎすぎたようだ。ここにいれば、捕まる。

悠炎は忌々《いまいま》しげに珠蓮公主を一瞥《いちべつ》してから視線を逸らし、首にかけていた手を離した。

ここで珠蓮公主を殺《あや》めたとて、瑛琳は戻ってこない。

悠炎は、いまだ歪な笑みを浮かべる珠蓮公主をじろりと睨み、その場を去った。

今は逃げるしかない。それに……。

(悪いのは、俺だ。俺が、ちゃんと伝えなかったからだ。それに……瑛琳は優しい。優しすぎる。俺の気持ちを知っていたとしても、生贄になろうとしたかもしれない)

瑛琳のことだ、可愛がっていた教え子のために自ら生贄になろうとしてもおかしくない。そのことを、瑛琳をよく知る悠炎だからこそわかってしまう。

(これから、どうすればいい。瑛琳のいないこの国で)

激しい後悔と虚《むな》しい思いを抱え、悠炎は自身の無力さを嘆くのだった。

第二章　残忍な神

瑛琳は惚《ほう》けたように周りを見た。今まで瑛琳が見たこともない景色が目の前に広がっている。

瑛琳が足を踏みしめている大地は金色に輝き、ところどころに美しい貝殻や青い宝石のようなものが埋まっていた。

顔を少し上げて遠くを見ると銀色の幹を持つ木々があった。その木には、赤や金の実がたわわに実っている。

その木々の下には茸《きのこ》なのか草なのか、淡く光る植物が茂っていた。辺りが少し霧がかっているためか、その淡い光がゆらゆらと幻想的に輝いている。

瑛琳がいるのは、炎華国の上空に浮かぶ浮島《うきしま》、鳳凰神が住まうとされる地。鳳凰天《ほうおうてん》地《ち》と呼ばれる場所だ。

慣例に則り儀式を行い、瑛琳が生贄として捧げられたところで、赤茶の翼を持つ巨鳥がやってきた。そして籠に乗せられたまま、その巨鳥に運ばれてここに来たのだった。

先ほどまでは、乱暴に空を運ばれ恐怖に震えていたが、今は見たことがない景色に思わず見惚れて立ち尽くしていた。

すると瑛琳をここまで運んだ巨鳥が、女人の姿に変わった。

表情が硬く、冷たい印象を受けるが美しい女人だった。彼女の銀朱の髪と、山吹色の衣に朱色の糸で鮮やかな椿の花が描かれた襦裙《じゅくん》がよく似合っている。

その女人がにこりともしないまま恭《うやうや》しく瑛琳に頭を下げる。

「新しい花嫁様、お待ちいたしておりました。私は、我らが王、鳳凰神鳳泉《ほうせん》様に仕える鳳蘭《おうらん》と申します。鳳泉様がお待ちでございます。こちらへ」

瑛琳がなにか言葉を返す間もなく女人は背を向けると、先へ先へと歩いていく。

その先には大きな屋敷が見えた。

翼を広げた大きな鳳凰の像が屋根の上に聳《そび》え立ち、そこから棟に向かって反り上がった屋根の形はとても優美だった。加えて、瓦《かわら》のひとつひとつが、珊瑚の玉のように赤く照り輝いている。屋根の下に続く壁は白く、真っ赤の赤い瓦とよくなじんでいた。

(あそこに、鳳凰神様が?)

ごくりと唾を飲み込む。今さらながら、足が竦《すく》んだ。

だが、ここまで来たのだからもう引けない。

瑛琳は先を歩く女人の後を追った。

鳳凰神が待っていると聞いていたので、皇帝に拝謁するのと同じように神に挨拶をするのかと思ったが、瑛琳が案内されたのは、小さな宴席だった。

酒と軽い食事がのった御膳がふたつ。

椅子にしても、仕切りにしても、婚姻を意味する赤色に統一されていた。

それに、瑛琳も儀式で着ていた赤い花嫁衣装姿のまま。

つまりは小規模な婚姻の宴《うたげ》の席である。

「花嫁様はこちらに」

ここまで案内してくれた女人にそう促されて、ふたつある席のひとつに腰掛ける。

空いている隣の席は、おそらく婿《むこ》……鳳凰神の席なのだろう。

しばらく沈黙が続いた。先ほどの女人がそばにいてくれるが、なにもしゃべらない。

緊張しながら待っていると、とうとう扉が開いた。

ガンと音を鳴らして少し乱暴に開かれた扉の先に、くすんだ赤い髪の美丈夫がいた。

瞳の色も、髪と同じ赤。整った顔立ちをしているが、細い眉を神経質そうにひそめているからか、どこか冷たい印象を受けた。

(少しだけ、悠炎に似ている……)

髪と瞳の色が似ているからだろうか。顔の作りや纏う雰囲気は全然違うのに、なぜかそう感じた。

「お前が、新しい花嫁か？」

酷薄そうな三白眼の眼差しで、瑛琳を値踏みするように見下ろしながら男はそう言った。

男は、瑛琳と同じく赤の婚礼衣装を身につけていた。

つまり目の前のこの男こそが……。

（この方が鳳凰神様？　鳳凰神様は鳥の姿をされていると聞いていたけれど……）

人の姿をしているとは思っていなかった。

しかし目の前の男から放たれる神通力の強さは、常人ではあり得ないほどのものを感じる。

ただの人ではないことは明らかだった。

それに先ほど、巨鳥の姿をしたものが、美しい女人に変わったのも間近に見ている。

おそらく鳳凰神も人の姿をとれるのだろう。

「はい。江瑛琳と申します。……あの、あなた様が、鳳凰神様でいらっしゃいますか」

瑛琳がそう尋ねると、不機嫌そうに男は眉間の皺《しわ》を深めた。

そして、瑛琳の前までやってくると手を伸ばし……瑛琳の首を掴んだ。

「ん、くっ……！」

突然に首を絞められて、瑛琳の口から苦しげな声が漏れる。

「なんだ？　そう確認せずにはいられないほど、私が神には見えないと言うのか？」

憎々しげな男の声が瑛琳の耳に入るが、喉を締められ苦しさで声を出すことができない。

「鳳泉兄上……！　これ以上は！」

慌てたような女の声が聞こえた。すると投げ捨てるような動作で男は、瑛琳を解放した。そしてすぐに今度は助けに入った女の首を掴んだ。

「兄上と呼ぶな！　鳳泉様と呼べと何度言えばわかる!!　出来損ないの眷属《けんぞく》が！」

瑛琳は咳《せ》き込みながらも、目を開けた。

先ほど瑛琳をここまで案内してくれた女人が、男に首を掴まれていた。

瑛琳をかばったばかりに苦しい思いをしているその女人を助けようと、瑛琳は這うようにしながら男の足元に縋りついた。

「先ほどの私の失言をお許しくださいませ！　鳳凰神様は、鳥のお姿をされていると聞いておりましたので、人の姿をとられていらっしゃったことに驚いてしまい……！」

瑛琳がそう必死に言い募ると、鳳凰神の鋭い眼差しが瑛琳に注がれる。

その眼差しの冷たさに、思わずゾッとした。

（先ほど一瞬でも悠炎に似ていると思ってしまった自分が信じられない）

悠炎はどんな時でも、瑛琳に温かな微笑みをくれる。なにがあっても、大丈夫だと励ますような、笑顔を向けてくれる。

（悠炎の赤い瞳は、心に灯す希望の炎のようにいつもきらきらと輝いていた。でも、この人の瞳の赤は、恐ろしい血の色のよう……）

瑛琳の懇願を受け入れたのか、男は女人の首から手を離した。

どさりと女人が倒れる音がする。

瑛琳は彼女のもとに駆け寄りたい気持ちもあったが、男の目はまだ瑛琳を見続けており動けない。

「……ふん。なるほど、悪くない。人の子にしてはなかなかの力を持っているようだな。中途半端な者を送られたら殺してやろうと思っていが、生かしておいてやる」

男は、そう言うとニヤリと笑う。

どうやら先ほどの間に、瑛琳の神通力の強さを測っていたようだ。

酷薄そうなその微笑みに瑛琳が微かに震えていると、男はどさりと乱暴に椅子に座った。

そして瑛琳を見ると、空いている方の席に座れと言わんばかりに顎をしゃくる。

「どうした。座れ。俺の花嫁」

恐ろしい鳳凰神を前にして、足に力が入らない。だが、この男の言う通りにしなければ、またひどいことをされる気がして、瑛琳はどうにか足を動かし、再び自分の席に腰を下ろした。

先ほど、首を絞められた女人は無事のようで、すでに起き上がって何事もなかったかのように男に酒を注いでいた。

「お前も飲め」

そう声をかけられて顔を向けると、酒をなみなみと注がれた盃《さかずき》を突きつけられた。

瑛琳はそれを両手で受け取る。

受け取らねば、おそらくまたこの男が暴れ出すとわかっていたからだ。

そして酒を口にする。

美味しい酒なのかもしれないが、なにも味を感じない。

ただ、緊張で張りつきそうになっていた喉が濡れて、少しだけ落ち着いてきた。

（私ではなくて、あのまま珠蓮公主が花嫁となっていたらきっとひどいことになっていた。鳳凰神様は恐ろしいお方だけれど、私なら、まだ大丈夫。慣れているもの……）

家族に冷たくされていた日々がこんなところで役に立つなんて、と瑛琳の口元に自嘲の笑みが浮かぶ。

これでよかったのだ。神は中途半端な力の者なら殺していたとも言っていた。もし珠蓮公主が花嫁になっていたら、この場で死んでいたかもしれない。

それに瑛琳は慣れている。耐えられる。

それで悠炎が、瑛琳が心から愛した男が幸せであるならばそれでいい。

「今宵が楽しみだな」

酒を飲みながら物思いに耽《ふけ》る瑛琳の隣で、そんな声が聞こえてハッとした。

今宵というのは、つまり初夜だ。

瑛琳の戸惑いを知ってか知らずか、男は瑛琳にその美しい顔を近づけた。

「可愛がってやる。そして神の子を産むのだ。前の花嫁のようにならぬよう励めよ」

鳳凰神の言葉に、一瞬頭が真っ白になった。

「……前の花嫁様は、どうされたのですか」

「神通力が弱すぎて、私の子を孕《はら》まなかった。……故に捨てた」

「捨てた……？」

捨てたというのは、どういう意味なのか。この神の浮島で捨てられるということはつまり、死ぬことと同義ではないか。

信じられない思いで尋ね返すと、男は笑みを浮かべて頷いた。まるで、怯えた顔を見せる瑛琳を楽しむように。

「お前は人にしては珍しいほどに力がある。私を落胆させるなよ」

綺麗な顔を歪めて笑う目の前の神が恐ろしかった。

こんなに恐ろしいと思っているのに、逃げ出せない。

だって彼は、瑛琳の夫になる鳳凰神。どんなに逃げ出したくとも、これから、初夜を迎えねばならない。

どくんと心臓が痛いほどに打った。

自分なら慣れている、耐えられる。そうは思いたいが、本当に耐えられるだろうか。

体が震えた。

慣れているから大丈夫、そう言い聞かせても震えが止まらない。

誰かに助けを乞い泣き叫びたくなる気持ちを、瑛琳は必死にこらえた。

瑛琳がどれほど助けを祈ったとしても助けは来ない。そんなことはわかっている。

昔から、そうだったのだから。

そのせいか、最近は昔ほど祈ることが減ったような気がする。

そう気づいた時に、瑛琳は自分の愚かさに唇を噛んだ。

(だめ……! 悠炎のことを思い出しては。彼のことを思い出してしまったら……)

耐えられなくなってしまう。

幼い頃と比べたら、奇跡を祈る回数が減った。それは、そばに悠炎がいてくれたからだ。

その事実と、悠炎への想いが瑛琳の中で大きくなっていく。しかしそれに比例して、今の状況への絶望も増していく。

瑛琳は鳳凰神の花嫁になりたくてなったのではない。瑛琳が本当に一緒にいたかったのは、悠炎だ。

瑛琳は改めて鳳凰神を見た。先ほど飲んだ酒のせいか、すでに顔が赤い。

その顔を見て瑛琳は、ある考えが頭に浮かんだ。こんなことをしても、なにも変わらないとわかっていながら。

瑛琳はガタガタと震える手で、手に持っていた盃を置く。

そして、どうにか笑顔を作った。

「お、お酒がとても美味しいので、もっといただけますか。鳳凰神様もぜひご一緒に」

「よいだろう。ああ、それと、俺のことは鳳泉と呼ぶことを許す」

瑛琳が震えながらも声をかけると、男は応じてくれた。

そうしてお互い、酒をあおるように飲んだ。

（こんな手、最初しか使えないとは思うけれど、でも……）

少しでも、少しだけでも先延ばしにしたかった。

悠炎を想いながら他の男に抱かれるのは、瑛琳にはまだつらすぎる。

◆

次の日、瑛琳が目を覚ますとそこは見慣れぬ寝台の上だった。

朱色に金糸で花や草の文様が刺された掛布団、寝台の天蓋《てんがい》も赤い。横を見ると、金の壁に、赤い柱の内装。他に飾られている調度品らも、そろえて赤い。

体を起こすと、頭痛がした。

近くで寝息が聞こえてきたので見下ろすと、腰のあたりに薄手の掛け布団がかかっているだけの、半裸の男が寝ていた。

長くくすんだ赤い髪が、花のように寝台の上に広がっている。

一瞬、女性と見間違いそうになる容貌だったが、あらわになっている広い胸板と筋肉質な体つきで男性であることがわかる。

男は非常に美しい顔の作りをしていたが、その美しさに見惚れるよりも先に瑛琳は恐怖を感じ、同時に昨日の夜のことを思い出した。

鳳凰神の鳳泉に捧げられ、花嫁となった。

神の姿も、その心のあり方も、瑛琳が想像していたものとはまったく違った。

姿は、誰もが見惚れるほどに美しく、しかしその心根は残酷。

瑛琳より前に嫁いだ花嫁を、使えないなどと言って平気で捨てることのできる男だった。

瑛琳は、慌てて自分の姿を確認する。

(これは、昨日の服のまま……?)

昨日着ていた、赤い花嫁衣装のままだった。多少着崩れてはいたが、脱がされたような様子はない。

それに体の、特に下半身についても、違和感はない。

（私は、昨日、鳳凰神様とは、していない……？）

本来なら、昨夜は花嫁として初夜を迎えるはずだった。しかし、神に抱いた恐怖と、悠炎に対する想いが瑛琳の中で抑えきれなくなり、気づけば自分でも信じられない行動をとった。

神に酒を勧めて、酔い潰してしまおうとしたのだ。

そこまで酒が強いわけではないが、鳳凰神が小さな盃二杯ほどで顔を真っ赤にしているのを見て、もしかしたらと思ってしまった。

瑛琳も途中で記憶を失くしているが、おそらく昨日はそのままお互いに酔い潰れて寝たのだろう。

瑛琳は膝を立てて、立てた膝を抱きしめるようにして背中を丸めた。

自分が行った神に対する不敬な行為が信じられない。でも、内心、ほっと安堵している自分がいる。

「朝か……？」

隣からだるそうな低い声が聞こえた。丸窓から差し込む朝日に鳳凰神も目覚めたようだ。ゆっくりと起き上がると、顔をしかめて額に手を置く。

「頭が痛い……」

瑛琳と同じく、鳳凰神もすっかり二日酔いのようである。

なんと声をかけたらよいか迷い、そのままただただ黙って見つめていると、ふと顔をこちらに向けた鳳凰神と目が合った。初めて瑛琳に気づいたというふうに間の抜けた顔をしていた。

「お前は……」

と低く呟いてから、また頭痛がしたのか顔をしかめる。

「私の、新しい花嫁か……」

そう呟くと、隣に置いてある小さな卓から水差しを取り、注ぎ口から水を直接飲む。

口からこぼれた水を手で拭う姿が、なぜかまた悠炎と重なり、瑛琳はどきりとした。

悠炎も、水差しに直接口をつけて飲むことがあった。

(どうして、悠炎と重ねてしまうの。こんなに、似ていないのに……)

内心で、瑛琳が戸惑っていると、

「昨日は……くそ、よく覚えていない」

不機嫌そうに鳳泉はそう言って、鋭い視線を瑛琳に向ける。

「わざと、俺を酔い潰そうとしたのか?」

鳳泉の指摘に思わず息を呑む。

「い、いえ……その、そのつもりはなかったのですが……」

後ろめたい気持ち故か、言葉がはっきりと出ない。もごもごと歯切れの悪い声となった。

「ふん、まあいいか。今からでも、楽しもう」

「え……」

思ってもみないことを言われて、瑛琳の体が硬直した。

鳳泉が寝台に手をつき、瑛琳ににじり寄る。その眼差しが、まっすぐ瑛琳に向けられている。

「早く子を為せ。それがお前のためだ」

鳳泉がそう言った時には、もう瑛琳と向かい合う形となっていた。顔も近い。

酔い潰して難を逃れはしたが、あくまでもそれは一時凌《しの》ぎ。

もう、逃げられない。そう言われている気がした。

「鳳泉様、恐れ入ります。取り急ぎご報告がございます」

扉の向こうから、女人の声が聞こえた。

その声に、鳳泉の顔が曇る。面倒そうに顔を扉の方に向けた。

「なんだ。くだらない報告ならば許さぬぞ」

「それが、何者かがこの地に侵入しているようでして……」

その報告に鳳泉は目を吊り上げた。

「馬鹿な！　この浮島にどうやって侵入するというのだ‼」

「ですが、現に鳳嶺《ほうれい》叔父上が侵入者と戦い、負傷し倒れています」

「なんだと⁉」

鳳泉は寝台から降り、扉を開けた。そこには床に膝をつき頭を下げる凰蘭がいた。

瑛琳を鳳凰天地まで運んでくれたあの女人だ。

「侵入者はどこにいる⁉」

「はい。今は南の砂銀の浜辺にて凰凜華《おうりんか》伯母上が相手をしております。ですが、押されておりまして急ぎ報告をと……」

「わかった！　俺が行く！」

「は。では、私はここで花嫁様をお守りいたします」

凰蘭がそう言うと、鳳泉は瑛琳の方を見た。

「そうだな。誰か見張りが必要だ……。よし、お前はここにいろ」

鳳泉は近くにかけてあった金襟の紺の上着を雑に着込んで、去っていった。

瑛琳は一瞬のうちに起きた出来事を消化しきれず、ただただ目を丸くして見守っていた。

（誰かが、侵入？　この空に浮かぶ神の地に……？）

そんなことがあり得るのだろうかと、瑛琳には想像がつかない。

戸惑う瑛琳のそばに、凰蘭がやってきた。
「大丈夫か？　瑛琳」
なぜか気安い口調で、気遣わしげに声をかけられた。
どこか懐かしい感じすらする。
「あの、凰蘭様……？　なんだか、少しご様子が……」
疑問に思って瑛琳が思わずそうこぼすと、近くに来た凰蘭が瞠目《どうもく》した。
つられて瑛琳も目を見開く。
（驚くのは、私の方では……？）
ふたりで見つめ合っていると、凰蘭の顔が破顔した。
「そうか、変装したままだったな」
そう言うと、凰蘭は左腕の袖を捲《まく》った。そこには、【変】の文字が書かれていた。
姿を変える仙術文字だ。
凰蘭の姿を借りた何者かは、その腕に描いた【変】の字を右手で擦りつけて消した。
すると、その姿がみるみる変わっていく。
赤みがかった金の髪から、鮮やかな赤の髪へ。細い体から、男性の体格へ。
そして、先ほどまでずっと思い描いていた愛する人の顔が現れて、瑛琳は息を呑んだ。

「俺だよ、瑛琳。悠炎だ」

「悠炎……!?」

ここにはいないはずの人物が突如現れて、瑛琳は思わず口元を両手で覆う。

「本当に、本当に、悠炎なの……!? でもなんで、悠炎が……? だって、珠蓮公主と……」

信じられない思いでそう口にする。

なにせ、悠炎は恋人の珠蓮と今頃は一緒になっているはず。瑛琳はふたりのためにこうやって生贄花嫁となることを選んだのだ。

「そのことは後で説明する。今は時間がない。だが、これだけは確認したい。俺はこのままお前を拐《さら》うつもりだ」

思ってもみなかったことを言われて瑛琳は目を見開く。

「それって、どういう……」

戸惑う瑛琳を包み込むように、悠炎が力強く抱きしめた。

「もし嫌なら、俺を突き放せ。……なにもしないなら、このまま連れ去る」

囁くように言われたその言葉には、確かな熱があった。だが、そんなことはあり得ない。

瑛琳は眉根を寄せる。

「悠炎、なにを言っているの……？」

「珠蓮公主になんと言われたかわからないが……俺が愛しているのはお前だけだ」

「悠、炎……？」

彼の発した言葉は予想だにしなかったもので、にわかには信じられない。

（悠炎が、私を、愛している？　珠蓮公主ではなく……？　私を……？）

自分の都合のよい夢でも見ているのかと不安になる心に、悠炎の温もりが夢ではないと教えてくれる。

最初は驚きに包まれていた瑛琳だったが、徐々にそれは歓喜へと変わっていく。

だが、虐げられて育った瑛琳には簡単に受け入れられるものではない。

『お前を愛する者などいない。お前はいらない子だ』

脳裏に冷たい言葉がよぎって、瑛琳の体が一瞬で冷えた。

それはいったい誰の言葉だったか。母だったか、父だったか、兄だったか。いや、もしくは全員かもしれない。

一瞬の希望が絶望に変わる瞬間を知っている瑛琳だからこそ、足踏みしてしまう。恐れてしまう。

「……でも悠炎は、珠蓮公主に鼈甲の櫛を贈っていたわ。珠蓮公主も愛し合っていると」

「それは違う！　あの櫛は瑛琳に渡してもらうために、俺の気持ちを伝えてもらうために珠蓮公主に預けたんだ！　俺はずっと、瑛琳だけを愛してきた」

「嘘、そんなの、信じられない。だって、私は、誰かに愛されるような人じゃないもの。悠炎みたいな人が、私を愛するわけがない」

そもそも瑛琳には人を愛する資格がない。そのことを、以前痛いほどに思い知ったばかり。

悠炎と珠蓮公主が恋人同士だと知った時に、醜い嫉妬心を抱いたことをよく覚えている。

愛する悠炎の幸せを望んでいるはずなのに、自分を置いて幸せになろうとする悠炎を憎んでしまいそうになる、醜く弱い自分を知っている。

そんな瑛琳を、誰かが、ましてや悠炎が愛するわけがないのだ。

「瑛琳、なにを言って……」

「きっと、まだ恩に感じているのでしょう？　私が、あなたの命を助けたから、それで私に優しくしているだけ。愛してなんかいないわ。あなたは、それを愛だと錯覚しているだけよ」

「違う！」

「いいえ、違わない！　だって、私は誰にも愛されたことがない！　きっとこれから

「違う、違う……そんなの……信じない。信じられない。だって私、愛されたことがないの。人を愛する方法だって、わからないのに」

「愛し方がわからないと言うなら、俺が教えてやる！」

悠炎はそう言って、瑛琳の唇に自分のそれを重ねた。

噛みつくような口づけだった。

突然のことに、瑛琳は目を見開いて固まった。

自分の気持ちに整理がつかず戸惑う瑛琳の唇から、悠炎はそっと離れる。

そして今にも泣きそうな、切なそうな顔で瑛琳を見た。

「誰にも愛されたことがないなんて、言うな。少なくとも、俺はお前をずっと愛してきた。その気持ちをお前がなかったことにしないでくれ」

「悠炎……」

悠炎は瑛琳を抱きしめた。されるがままの瑛琳は、そのまま悠炎の胸の中に抱かれた。

「愛しているんだ。……別に瑛琳が俺を愛してくれなくてもいい。でも、俺の気持ちは否定しないでほしい」

少し泣きそうな掠《かす》れた声で、悠炎が囁く。

その声に、先ほどの眼差しに、すべてが詰まっていた。

悠炎の想いが目に見えるようで……。

歓喜か安堵かわからないが、色々な気持ちが込み上げきて、瑛琳の目に涙がたまる。

この温もりを、悠炎の温もりをどれほど望んでいただろうか。

瑛琳は感極まって流した涙を悠炎の胸に押しつけた。

彼の背中に腕を回し、その温もりがもっと欲しくて抱きしめ返す。

「悠炎……私も、私もあなたを愛しているの。本当は、ずっと前から」

泣き濡れた声で瑛琳が想いを口にする。

悠炎のことを愛しく思っていたのに、見捨てられる日が来るのが怖くて見ないふりをしていた。

珠蓮公主と悠炎が恋人同士だと聞かされた時、どれほどの悲しみに襲われたか。

鳳凰神の生贄になる道を選び、珠蓮公主と悠炎の幸せを願う心の裏で、これで愛し合うふたりを見ないで済むと安堵したのも嘘ではない。

そしていざ鳳凰神に捧げられ、悠炎以外の者と結ばれることになった時に感じた絶望。

悠炎の大きな手が瑛琳の頭の後ろを優しく撫でた。

今までの想いが、瑛琳の弱さや悲しみが、その手の温かさですべて溶けていくようだった。

「珠蓮公主に醜い嫉妬を抱いた私を許してくれる？」

「許すもなにも、嫉妬してくれないと、困る……。俺だって、皇帝の妃になると聞いた時、皇帝が憎らしくて、簒奪《さんだつ》してやろうと思ったほどだ……」

「まあ、それは……」

あまりの言葉に目を丸くして、悠炎を見上げる。そこには魅力的な笑みを浮かべた悠炎がいた。

軽口だろうと、そう言ってくれる悠炎の気持ちが嬉しい。

しばらく見つめ合っていると、ふと悠炎が愛しそうに目を細めてまっすぐ瑛琳を見つめた。

「瑛琳……愛している」

「悠炎……」

再び、唇が重なった。先ほどのような噛みつくような口づけではなく、お互いがお互いを求め合うような深いものだった。

そして、悠炎が顔を上げて、ふっと困ったように笑う。

「ちょうどよく寝台もあるし、このまま抱き合っていたいが、さすがに自制しなくちゃな」

そう言うと悠炎は瑛琳から離れて、袂から筆を取り出した。

これからどうするつもりなのだろうかと、瑛琳が視線を向けると、悠炎は大丈夫だと言いたげな笑みを見せてから、自分の左腕に、先ほど消したばかりの【変】の字を書く。

するとと瞬く間に凰蘭の姿へと変わった。そして……。

「……逃げるぞ」

悠炎はそう言うや否や、軽々と瑛琳を横抱きにした。

「えっ、えっ……!?」

混乱する瑛琳が驚きの声をあげているうちに悠炎が走り出す。

あまりの速さに思わず悠炎にしがみついた。

「姿は隠した方がいいだろうが、しかし、せっかくのいい場面に、この格好じゃ様にならないなぁ」

悠炎の胸に顔を埋める瑛琳の頭上から、どこかおかしそうな響きの声が落ちてくる。

姿も声もいつもとは違うが、はっきりと悠炎だとわかる。

（けれど、このまま逃げて、本当にいいのかしら……）

落ち着いてみれば、色々と不安なことが頭をよぎる。先ほど悠炎と再会した時、思わず彼を受け入れたが、ことはふたりの問題だけでは済まない。

色々と悠炎に尋ねたくなったが、悠炎が凄まじい速さで走っているため口を開くことさえできなくなった。

その速さときたら、ほとんど飛んでいると言ってもいい。

いつの間にか、鳳凰神の屋敷から飛び出し、大きな岩から岩へと飛び移りながら進んでいた。

このまま、浮島からも飛び降りるつもりなのだろうか。

いや、そもそも、このまま本当にこの地から逃げ出していいのだろうか。

瑛琳は、生贄なのに。

「瑛琳、難しいことは考えるな。なにに代えても、お前は俺が守る」

瑛琳の不安な気持ちを察したのか、悠炎からそんな声が聞こえた。

しかしその直後、がくんと大きく体が揺れた。どうやら、なにかに足元を取られて体勢を崩したようだった。

悠炎は、瑛琳を抱えたまま宙返りをすると、地面に着地する。同時に、悠炎の背中の方から声が聞こえた。

「人の子よ、どこに行くつもりか。彼女はわが王の花嫁。持ち去ることを許した覚えはない」

それは凛とした女性の声。

恐る恐る瑛琳が顔を上げると、赤みがかった金髪をなびかせる凰蘭がいた。

凰蘭は、自分と同じ姿をしている悠炎を見て不快そうに目を細めた。

「……鳳嶺叔父上の記憶を探ったようですね。よく似せている。人の子にしてはなかなかのもの」

「そりゃあどうも」

悠炎はふざけた口調でそう返しながら、隙なく凰蘭を見やった。そのままゆっくりと瑛琳を地面に下ろす。

「瑛琳、少し待っていてくれ。すぐに済む」

悠炎は懐から筆を取り出した。仙術を使うために必要なものだ。

瑛琳はそれを見て、まさか神の眷属とやりあうつもりなのかと目を見開く。

「相手は、鳳泉様の……鳳凰神様の眷属のお方ですよ⁉」

相手は人ではなく神獣。神ではないとしても特別な存在だ。人間が戦って敵うものなのか。

「わかっている。だが、やるしかない」

「そんな……」

あまりのことに瑛琳は自身の胸のあたりの服を掴む。

そして、泰然とこちらに向かって歩いてきている凰蘭を見る。

「愚かなる人の子よ。私と戦うつもりですか。鳳嶺叔父上は不意を打たれたようですが、私はそうはいきませんよ」

そう語りかける凰蘭からは鳳凰神ほどの力は感じられない。しかし、それでも凄まじい神通力を持っているのはわかる。

だが……。

(確かに、そこまで私たちと差があるようには感じられない)

瑛琳は少しばかり冷静になって、改めて悠炎を見た。

悠炎は国一番の仙術使いだ。それに相応《ふさわ》しい神通力も持ってもいる。

(それに、悠炎の力には底知れぬものがある。私が測れないほどの。もしかして敵わなくもないのかもしれない。でも……)

神に背けば、どうなるか。

瑛琳の故郷の炎華国は、鳳凰神との契約で豊穣が約束されている。その眷属を傷つけて、契約に亀裂が生まれれば多くの民が苦しむだろう。間違いなく国は衰える。

そうなれば、国の民たちは、どうなる。

いや、それよりもなによりも。

(その罪を、悠炎に背負わせたくない……)

瑛琳が自分の気持ちの答えを見つけた時には、すでに飛び出していた。

かばうように悠炎の前に立ち塞《ふさ》がると手を広げる。

「悠炎、いけないわ！　鳳凰神様の眷属の方を傷つけてしまえば、どうなるかわからないあなたではないでしょう……！」

「今さらだ。あの女が言うように、俺はすでに眷属とやらを一匹のしている。殺してはいないがな」

「そんな……！」

瑛琳は、目を見開いて悠炎を見た。

嘘を言っているようには思えなかった。

瑛琳は今度は凰蘭に向き合った。彼女の目の前で膝を折り頭を下げる。

「凰蘭様！　どうかお許しくださいませ！　私はどこにも行きませんから！」

「瑛琳！」

後ろから悠炎の声が聞こえる。でも、瑛琳は引き下がるつもりはない。

「必ず、神の子を産みます。だから……彼を、悠炎をお許しくださぃ……」

「なにを言うんだ！　俺と一緒に来てくれると言ったじゃないか！」

悠炎がこちらに駆け寄ってきた。

責めるような悲しげな声が、瑛琳の耳に響く。

悠炎の言うように、彼と一緒に逃げ出せたらどれほどよかったか。

彼が愛していると言ってくれたあの時、どれほど瑛琳が嬉しかったか。

「……そなたらは愛し合っているのか？」

黙って見守っていた凰蘭の声がした。

顔を上げると、何事にも動じない冷たい顔で、ふたりを見下ろしている。

「あ、あの、今後は、もう会いません。彼への気持ちも忘れるようにいたします。ですからお許しを……」

「お前は先ほど、必ず神の子を産むと言ったな」

「え？　は、はい。そのように言いましたが」

戸惑いながらもそう答えると、なぜか凰蘭は一瞬顔を曇らせた。

しかしすぐにいつもの無表情に戻る。

再び瑛琳を見つめる目はなぜか優しかった。

「残念ながら、それは叶わない」

「え？」

言葉の意味を捉えきれず瑛琳が目を丸くさせると、凰蘭は目を伏せた。

「そなたに問題があるわけではない。ただ、兄上では、足りぬのだ」

「足りない？」

「もともと、兄上は神ではなく、私と同じ、神の眷属になるはずの鳳凰だった」

「どういう意味だ？」

突然の話に、悠炎も思わず眉を吊り上げた。

「我々、鳳凰は、神と人が交わった末に必ず三つ子で生まれる。その中のひとりだけが、神になり得る力を持つのだ。本来は、弟の方が神になるはずだった。だが、弟は死んだ。神の責務に耐えられないと自ら翼を引き抜き、この浮島から身を投げたのだ。我らに、ちぎれた翼と手紙だけを残してな。……そして、眷属の中から一番強い力を持っていた兄上が、神の座についた。だが兄上の神力は強《した》かではあるが、神の域には達しておられない。故にどう足掻《あが》いても神の子は生まれぬ。……最初の花嫁には、子が生まれずにつらい思いをさせた」

その言葉にハッとした。花嫁を捨てたとそう言っていた。

「鳳泉様は、確か、捨てたとおっしゃっていましたが……」

「兄上の望みをいつまで経っても叶えられず、神の子を身籠《みごも》らないことを己のせいと思った花嫁は、自ら命を絶とうとしたのだ」

「……では、その方は亡くなって……？」

「いや、寸前のところで止めた。だが、このままではいずれは同じことになる。そう思い、兄上には隠して人族の国に逃した」

「では、生きておられるのですか？」

「……兄上には、亡くなったと告げたがな。だが、それがいけなかったのかもしれない。兄上はそのことで余計に気負ってしまった。己の神力の弱さから目を背け、神の子を産ませるために……今度は神通力の強い者を花嫁にすればよいと考えるようになった」

その話を聞いて、皇帝との話を思い出した。

だから鳳凰神は神通力の最も強い者を花嫁に所望したのかと、瑛琳は腑《ふ》に落ちる。

そしてそのために皇帝は後宮にいる神通力の比較的強い者を集めて、瑛琳に教師役をさせ選ばせたのだ。

だが、ひとつ気になる。凰蘭の話しぶりでは、まるで……。

「花嫁に力があったとしても神の子を産むことはできないと、凰蘭様はお考えなのでしょうか」

瑛琳が疑問を口にすると凰蘭の顔が曇る。

彼女の話ぶりは、たとえ神通力の強い花嫁を娶ったとしても、神子は産まれない、といった雰囲気だった。

最初に、神の子を身籠ることはできないとはっきり告げてもいた。

「その通りだ。神の子の力は、神力だ。我々とは一線を画し、ほとんど別物と言ってもよい。たとえ神通力の強き者と結ばれようとも神の力が足りねば、神の子らは生まれぬ」

「待て。その話が本当だとしたら……」

慌てた様子で、悠炎が話に割って入った。そして険しい顔つきで言葉を続ける。

「もうなにをしようとも神が生まれないということか？　いや、そもそも、今の鳳凰神に神の力がないとしたら、すでに今、鳳凰神が不在になっている状況ということではないのか」

「その通り」

その話を聞いて瑛琳はハッとした。

瑛琳をここに送り出した皇帝は、年々作物の実りが減っていると言っていた。

「つまりそれは、炎華国に約束された豊穣の契約の力も失いつつあるということでしょうか⁉」

「神力を持つ鳳凰神がいないのだ。当然、かつて炎華国と契約した見返りの豊穣の力は失っている。今、それでもある程度の実りがあるのは、ほとんど奇跡のようなもの。炎華国は、呪われた地。鳳凰神の浄化の力がなければ、緩やかに大地は死ぬだろう」

「そんな……」

となれば瑛琳が鳳凰神の生贄花嫁としてここに残っても、意味をなさないということではないか。炎華国に残されたのは、滅びゆく道しかないというのか。

「なるほどな。色々話してくれて助かる。その話が本当なら、瑛琳はここにいてもいなくても事態は変わらない。で？　お前はなにがしたい？　俺たちに語って聞かせた狙いはなんだ」

「……逃げたいのなら、逃げればよい。そう思って伝えた。新しい花嫁も、優しい方のようだ。このままここを出ても、心残りがあろうと思ってな」

凰蘭の言葉が意外だったのか、悠炎が目を見開いた。

「逃してくれるのか？」

「以前の花嫁にはひどいことをしてしまった。その優しさに甘え、心が壊れるまで追い詰めてしまった。もう二度と人の子を苦しめたくはない」

「凰蘭様……」

「だが、お前の兄は、瑛琳を諦められるのか？　自分の神力のなさを認められずに、足掻いているようだが」

悠炎の鋭い言葉に、凰蘭の顔が曇る。

「私が責任を持って、兄上を諌めよう。できるかどうかはわからぬがな。本来、神になるはずだった弟を失ってから、兄上は変わられた。もともと責任感の強い兄上だったが、今はその責任の重さに押し潰されようとしている。兄上に必要なのは、生贄の花嫁ではなく……そなたらのように、お互いを支え合える者なのかもしれぬ」

悲しげに、目を伏せながら凰蘭は言った。神としてではなく、家族として心配しているからこそ見せる表情だ。

「……神の事情はわからないが、そんな頑固者を神に据えるぐらいならお前がなった方がいいように思うがな」

「私では無理だ。……それよりも早く行け。兄上も異変に気づいてこちらに来るやも知れぬ」

つらそうな顔を見せる凰蘭に、瑛琳は心を痛めた。

家族のことを心の底から信じたいのに、そうできないつらさは、瑛琳もよくわかっている。

先ほど凰蘭は、鳳凰神を諫めるとは言っていたが、果たしてうまくいくか……。

「悠炎、小さい刃物をなにか持ってる？」

瑛琳が小声で尋ねる。

悠炎は訝しげな顔をしながらも、腰に差していた短剣を瑛琳に渡した。

瑛琳はそれを使って、自身の長い髪をざくりとひと房切った。

「な、瑛琳!?」

悠炎は思わず声をあげたが、瑛琳は気にせずその髪の束を凰蘭に差し出す。

「よろしければ、私と彼は凰蘭様に追い詰められて死んだと言って、こちらをお渡しください。少しは鳳凰神様のお気持ちをなだめられればいいのですが」

驚いて少し目を見張った凰蘭は、瑛琳の意図を聞いて納得したように頷くと髪の束を受け取った。

「……助かる」

「いえ、助けられたのは私ですから」

「……兄上にはそなたらは死んだと伝えよう。そして、もう、人族の国から花嫁を求めないよう説得する。本当は兄上もわかっているはずなのだ。自身が力不足であることを」

そう続ける凰蘭に、瑛琳は軽く頷く。

「瑛琳、髪を切るなら俺の……」

と不満そうに悠炎が言ったが、瑛琳は軽く横に首を振った。

「これでいいの」

頑《かたく》なな瑛琳の態度に悠炎は諦めたようだ。「……まったく」と不満げに言いながら、でもどこか誇らしげに微笑む。そして凰蘭に顔を向けた。

「さてと、そろそろ行く。……お前も大変そうだが、頑張れよ」

悠炎がそう言うと、凰蘭はふたりに背を向けた。

「これから大変になるのは、人の子らだ。豊穣の力はとうに潰えている。神の力を失った地で、生きてゆかねばならぬのだからな」

「……それが本来の姿だ。神の保護なしで生きられないのなら、それまでのこと」

悠炎はそう言うと、再び瑛琳を横抱きにした。

「凰蘭様……！　あの、ありがとうございます」

「達者で……。最後の優しき花嫁よ」

悠炎の肩越しで、凰蘭の背中を見た。

悲しそうに、静かに凛と佇む鳳凰の姿を。

第三章　愛し合う者たち

鳳凰天地を出た瑛琳と悠炎は、悠炎の【宙歩】の仙術で地上まで降りてきた。【宙歩】とは、宙を蹴り空を自在に歩む術である。

あの高々と浮かぶ浮島、鳳凰天地から【宙歩】で本当に下れるとは。

しかも、ただ降りるだけでなく、皇帝らの目が届かない山際の辺境地まで移動している。凄まじい距離だ。

瑛琳は改めて悠炎の持つ神通力の強さに驚いた。

だが、さすがにそれが限界だったようで、地上に着いて抱いていた瑛琳を下ろすなり悠炎は倒れた。

周りはなにもない小さな山道だ。かろうじて真新しい車輪の跡があるので、人の通りはありそうだがそれほど使う者もいないような道。

瑛琳は、悠炎の身を道沿いの草むらまで運んで慌てて癒術を施すも、気休め程度にしかならなかった。

癒術は外傷を治療することはできるが、疲労や病気などには効果が得られない。

「悠炎ったら、こんな無茶をして……」

意識を失い倒れ込む悠炎をハラハラと見守りながら、瑛琳がそうこぼす。

瑛琳だって仙術は使える。【宙歩】だってもちろん使えた。何度も代わると言ったのに、悠炎は頑なに譲らなかった。

これからどうしようかと、瑛琳が頭を悩ませていた時。

「とと！　誰かいるよ！」

幼い子供の声が聞こえて、とっさに瑛琳は振り返った。

見ればまだ三歳ほどの子供が指をくわえながらこちらを見ている。

「おいおい勝手に先に行くなっていつも言ってるだろ！　で？　誰かいるって？　熊とかじゃねえだろうな」

とちょっと荒らげた声とともに、ガサガサと茂みを進む音。

ほどなくして中肉中背の中年の男が現れた。男は庶民が着るような麻の衣を羽織り、左足を怪我しているようで、杖《つえ》をついている。

瑛琳が思わず身構えている間に男の方が瑛琳に気づいて目が合った。

「え……人？」

そう言ってまじまじと瑛琳を見た後、遅れて瑛琳のそばで倒れている悠炎に気づいて目を見開いた。

「お、こ、こいつは……！　いや、このお方は、炎獅子《えんじし》の将軍様じゃねえか!?」

男はそう言うと、まっしぐらに悠炎に駆け寄ってきた。

膝を折って悠炎の顔をまじまじと確認する。

「間違いねえ！　炎獅子の将軍だ！　なんだこれ、顔色が悪いが生きてはいるのか？

ていうか、なんでこんなとこに……！」

どうやら悠炎と知り合いらしい。

「えー!? こいつが父ちゃんの言ってた、クソ強い将軍!?」

今度は別の声だ。幼児ほどではないが、若い声。

瑛琳が顔を上げると、十五、六歳ほどの少年がいる。なんとなく顔が似ているので親子なのだろう。

「嬢ちゃん、いったいなにがあったんだ!? なんか俺にできることはあるか!? 俺はこの大将軍様に返しきれねえ恩義があるんだ！」

そう必死の形相で言われて瑛琳は目を丸くしたが、瑛琳にとってもありがたい申し出だった。

ゆっくり休める場所に連れていってほしい。

瑛琳がそう願い出て、連れてきてもらったのが、男が住む小さな村だった。

男の名は楊葉《ようよう》。村で小さな畑などをやっているが、昔は戦仕事をしていたのだという。そしてその戦仕事をしていた時に、悠炎に命を助けてもらったことがあるらしい。

楊葉がここなら自由に使えるからと案内してくれた家屋に悠炎を寝かせることしばらくして、悠炎が目覚めた。

「悠炎、よかった。目が覚めたのね？　痛いところはない？」

「瑛琳……？　あれ、ここは……」

起きたばかりで記憶が曖昧なのか、少しぼうっとしながらそう言った悠炎だったが、次第に意識がはっきりしてきたようではっと目を見開いた。

「瑛琳、大丈夫なのか!?　というかここは、どこだ！」

慌てて体を起こした悠炎は、瑛琳の肩をガシッと掴むと矢継ぎ早に口にする。

「将軍、大丈夫です！　俺です。あなたに戦場で命を救ってもらった楊葉です！　ここは俺が管理している空き家でして……って、俺のことなんか覚えてるわけないか」

横からそう説明してきた男の方を、悠炎は警戒するようにじろりと見たが、すぐにその視線を和らげた。

「お前……もしかして、東国との戦で一緒だった、あの楊葉か……？」

思ってもみない再会だったのだろう。悠炎はそう目を見開いて言う。

一方、楊葉は自分のことを覚えていた悠炎に驚いて目を丸くさせた。

「将軍！　俺みたいな下っ端を、覚えていてくれたんですか！」

「ああ。それより瑛琳、なんでここにいて、どうなってるんだ？」

悠炎は、楊葉の話をあっさり切り上げると、瑛琳の方を見た。

「俺の話、もう終わり!?」

嘆く楊葉に申し訳なく思いながらも、瑛琳は口を開く。

「悠炎、実はね、悠炎が倒れた後に、この方が助けてくださったのよ」

「そうか。俺が倒れて……悪い、瑛琳、大丈夫だったか？」

「私は大丈夫」

そう答えて、笑みを浮かべた。

「よかった。楊葉も世話になったな」

「将軍！　いいんです いいんです！　俺は将軍への恩を返すことができて、もうそれだけで！」

大げさに涙ぐむ楊葉を見て、くすりと悠炎が笑う。

「そういえば、戦で、片足を失った、よな？　今はもう、平気か？」

「ええ、片足のない生活にも慣れやした！　逆に戦仕事をせずに済むようになったんで、ほら、見てくだせえよ！」

そう言って、楊葉の隣でポカンとした顔をしていた子供を抱き上げる。

「末の子が生まれましてね、可愛いもんですよ。あの時、悠炎将軍がいなかったら、俺は死んでいたし、こいつも生まれてこなかった。本当に感謝しているんです！」

嬉しそうに笑う顔は本当に幸せそうだった。思わず、瑛琳も、悠炎もつられて微笑む。

「そうか、可愛いな」

「将軍も、これからじゃねえですか！　こんな別嬪《べっぴん》の奥さんがいたなんて初耳ですぜ」

と、楊葉は瑛琳を見て言った。

「え、別嬪の、奥さん？」

言われたことがのみ込めなくて、瑛琳は周りをキョロキョロと見渡した。

いったい、誰のことだろうか。

「いや、お前のことだよ、瑛琳」

呆れたような笑い声とともに悠炎に指摘されて、瑛琳は目を丸くした。

「私が、悠炎の、奥様!?」

「そりゃそうだよ。驚いてることに俺が驚くんだが……。そのつもりで拐われてくれたんじゃないのか？」

どこか拗《す》ねたように言われて、瑛琳の頬がさっと朱に染まる。

（ああ、そうだった。私は、悠炎に気持ちを伝えたんだわ。そして悠炎の気持ちも……）

あの時の熱い悠炎の声色と、抱かれた時に感じた広い胸板、そしてなにより口づけの熱さを思い出した。

思わず体中の熱が上がりポーッとしていると、楊葉が羨ましそうににやにやした。

「はあ、若《わけ》えっていいですねえ、初々《ういうい》しいっていうか」

「す、すみません……」

思わず顔を真っ赤にした瑛琳が謝る。

「おい、楊葉、変なちょっかいをかけるなよ。せっかく瑛琳が俺のことを考えてポーッとしていて可愛かったのに」

瑛琳を見ておかしそうに笑う悠炎を、瑛琳は睨《ね》めつけた。

「もう！　悠炎！　からかわないで」

先ほどまで青白い顔で横になっていたはずの悠炎は、すでにいつもの調子を取り戻している。

「悪い、瑛琳。瑛琳が可愛いから、ついな」

ふっと目元を和らげて笑う悠炎の顔があまりにも優しくて、もう少し小言を言おうと息巻いていた気持ちがしゅんと小さくなった。

（本当に、もう、悠炎はずるいわ……）

瑛琳は、なんだかんだと悠炎の微笑みに弱いのだ。これが惚れた弱みというやつかしらなどと考えていると、楊葉がおもむろに口を開いた。

「しかし、なんでお二方、こんな辺鄙《へんぴ》なところへ？」

その言葉に瑛琳は、とっさに悠炎をうかがい見た。

今までの経緯を説明しても、果たして信じてくれるかどうか。場合によっては、変な目で見られかねない。

「そんなの決まってるだろ。若い男女がこんなところにやってくる理由つったら……駆け落ちだよ」

「「か、駆け落ち!?」」

瑛琳と楊葉の声が重なった。

驚く瑛琳を見て、楊葉が疑わしげな視線を送る。

「な、なんで奥方様まで驚いているんですかい？」

「あ、あの、それは……えっと……」

「瑛琳は見ての通り育ちがいいからな、駆け落ちって言葉の響きで驚くことができるほど慎ましいんだ」

「ああ、確かにそんな感じのお方でさあ」

悠炎の言葉に、楊葉はまじまじと瑛琳を見ながら頷いた。

（そんな感じって……慎ましく見えるということかしら……褒め言葉なのかしら）

なんとも微妙な気持ちになりながらも、瑛琳は落ち着いてきた。

確かによく考えれば、駆け落ちでだいたい間違いないかもしれない。

「……それで、楊葉、ちょっと相談なんだが。そういう事情で俺たちには頼れるところがない。この辺りで住めるところはないか？」

「ああ、それならちょうどこの家はどうですかい？　ここに以前住んでいた夫婦は十年前の戦争でひとり息子を亡くしてな……。息子を可愛がっていただけに気落ちして、追いかけるようにして病気でぽっくり逝《い》っちまった。一応俺が定期的に手入れはしてるんで住めなくはないと思いますぜ。そんな場所でよければ。うちの村は呑気《のんき》な奴らが多いし、将軍なら大歓迎で受け入れてくれますぜ」

楊葉の話を聞いた悠炎は、瑛琳に視線を向けた。おそらく、ここに住むのはどうかという確認だろう。

瑛琳は構わなかったので、頷いた。

そうして、瑛琳と悠炎には新たな居場所ができた。

その後、悠炎と楊葉は夜が更けるまで昔話に花を咲かせていたが、いつまでも帰ってこない楊葉を心配した楊葉の妻がやってきて、引き取られていった。

「アンタ！　さっきまで寝込んでいた人に無理させるんじゃないよ！　……すみませんねぇ、本当に気の利かない男で」などと言いながら、楊葉の耳を引っ張って連れ出したのを見て、瑛琳は目を丸くした。

女のくせにでしゃばるなと言われて育てられた瑛琳にとっては新鮮だった。

嵐のように去っていった妻の背中の力強さに圧倒されていると、左手に温もりを感じた。

瑛琳の左手に、悠炎の右手が重なっていた。

視線を上げると真剣な顔をした悠炎が、ただまっすぐ瑛琳を見つめている。

悠炎との距離が、近い。

これからきっとこんな風にそばに悠炎がいてくれる日々が始まる。

そう思うだけで、瑛琳の胸は高鳴った。

だが、届かない場所に刺さって取れないトゲのように、鳳凰神のことが気にかかる。

もうこの国には、鳳凰神はいない。

それはすなわち、国に豊穣が訪れないということ。

それが今後、この国に住まう人々にどんな影を落とすことになるのか……。

「瑛琳、改めて聞きたい。俺と一緒に生きてくれるか?」

悠炎にそう尋ねられて、ハッと瑛琳は目を開いた。

目の前には、悠炎の緋色の瞳。それがあまりにも美しくて、瑛琳は見入った。

悠炎に熱を帯びた瞳で見つめられると、瑛琳は浮き足立つような、ふわふわとした心地がして、夢の中にいるみたいな気がしてくる。

だって今朝起きた時、隣にいたのは鳳凰神である鳳泉で、悠炎ではなかった。

だが今、瑛琳の目の前にいるのは、間違いなく愛する悠炎。

「きゃ！」

不意に悠炎に肩を抱かれた。

「瑛琳が嫌だと言っても、もう手放す気はないがな」

すぐに答えない瑛琳に焦れたらしい。悠炎の広い胸に抱かれて瑛琳はどきりと胸を鳴らす。

「ゆ、悠炎、私は……あ」

悠炎は背中に回した手で瑛琳の後頭部を撫で、首元に顔を埋めた。

悠炎の熱い息がかかる。

「瑛琳、もう、俺は、君なしでは生きていけない。どこにも行くな。絶対に幸せにしてみせるから、一緒にいてくれ」

懇願するような響きの愛の言葉。そのあまりにも必死な声色に、瑛琳は微かに声を立てて笑った。

不満げに眉を寄せた悠炎が瑛琳を見る。

「なんで、笑ってるんだ」

「だって……あの悠炎がって思ったら」

なにせ悠炎といえば、後宮の妃のほぼすべてを虜にしてきた男だ。愛想のいい笑顔に魅了され、目が合うだけで妊娠するという噂まであった。

それが、必死にひとりの女性に愛を乞うていると思うと、なんだかおかしく感じてしまった。

「からかっているのか？」

「ふふ、さっき楊葉さんの前で私をからかったでしょう？　そのお返しよ」

瑛琳はそう言って微笑むと、悠炎の手に自分の手を重ねた。

虚をつかれたのか少し目を丸くする悠炎が、可愛らしい。

たぶん今の瑛琳は、悠炎がなにをしようと愛しく感じてしまう気がする。

（ああ、やはり、私は愛しているのだわ。悠炎のことを。だって、こうやって触れているだけで、満たされる）

瑛琳は自分の気持ちのありかを確認すると、口を開いた。

「私も、一緒にいたい。悠炎とずっと。私も、悠炎を幸せにしてあげたい。……愛しているから」

もともと愛の言葉などそうそう口にしたことのない瑛琳の口調はたどたどしい。だが、ひとつひとつの言葉を自分の思いで真摯に伝えた。

悠炎は瑛琳の愛の告白に、しばらく目を見開いて固まっていたが、すぐに優しく目を細めて微笑む。

「ありがとう、瑛琳。俺も、愛している。それに、俺はもう幸せだ。瑛琳がそばにいてくれる限り、俺は幸せなんだ」

「それなら、私もよ……」

ふたりは愛を囁き合うと、どちらからともなく唇を寄せ合った。

最初は触れ合うだけのものだったが、次第に深いものへと変わっていく。

瑛琳は、逞しい悠炎の背中に手を回しながら、ずっと今が続けばいいのにと願った。

胸の奥に刺さって取れないトゲのことを――鳳凰神がもういないのだという事実を――考えたくない。

このままずっと、悠炎の愛に溺れてしまいたかった。

◆

瑛琳と悠炎はその小さな村で、静かに祝言を挙げた。

鼈甲の櫛も、派手な祝宴もなかったが、ふたり静かに愛を誓えただけで満足だった。

村人たちも大らかな者たちばかりのようで、突然やってきたよそ者であるふたりを快く歓迎してくれた。

「江先生！　ちょっと見てくれねえか！　息子が怪我しちまったみたいで……」

扉の向こうから呼ぶ声がする。

薬研《やげん》を使って、薬草を細かく砕くのに集中していた瑛琳が顔を上げた。

（この声は、楊葉さんだ）

楊葉は、この小さな村に悠炎と瑛琳の居場所を作ってくれた恩人だ。楊葉としては、命を救ってもらった悠炎への恩返しという認識ではあったが。

「お怪我を？　今すぐ行きます」

慌てて扉を開けると、予想通り楊葉だった。そして隣にいたのは、彼の息子の楊円《ようえん》だ。

「すみません、江先生。鍬《くわ》で、腕を切っちゃいまして……」

そう言って、楊円は腕の内側を見せた。よく日に焼けた肌にぱっくりと切り傷があり、まだ赤い血が流れている。

楊円は楊家の長男で、年は十六。瑛琳よりも年下だ。父である楊葉の畑仕事を手伝っているのだが、器用ではないようで今日みたいな怪我をこさえる日がよくある。

この小さな村に移り住んで、四ヶ月が過ぎようとしているが、こうして怪我をして瑛琳のもとに駆け込んでくるのは片手では足りない回数だ。

瑛琳たちはこの村で、癒術による病気や怪我の治療、薬の調合などを行って生計を立てている。

悠炎が薬草を採取してきて、瑛琳が決められた分量を調合している。

とはいえ、薬に関しては専門知識がそれほどあるとは言えず、悠炎が戦などで身につけた知識をもとに調合しているだけなので、取り扱う薬の数は少ない。

だが、瑛琳には仙術があるので、大体の傷は治せる。

近くに薬師すらいなかった村人にとっては、ありがたい存在だった。

「いつもいつもすいやせん、将軍の奥様にこんなこと……こいつ、油断するとすぐこれで」

楊葉が呆れたように頭を下げた。

「お気になさらないでください。楊円さん、痛かったですよね。今、治しますから」

そう言って、瑛琳は痛ましそうに楊円の傷を見てから、手首に【癒】の字を書く。

すると、たちまちに傷口が塞がった。

「おお、いつ見ても、江先生の力はすげえや。さすがは将軍の奥方様だ」

感嘆の声は、楊葉から。

瑛琳は最後に、楊円の腕についた血を綺麗に布で拭き取る。

「刃物の扱いには十分注意してくださいね」

「はい、すいません」

楊円は申し訳なさそうに眉尻を下げると後ろ頭をぽりぽりとかく。

それを見た父親がニヤリと笑った。

「確かに、最近怪我しすぎじゃねえかい？　江先生と話したくてわざとやってんじゃねえだろうなぁ？」

「ば！　馬鹿言うなよ！　そ、そ、そんなわけないだろ……！」

「ってお前、真っ赤じゃねえか！　俺の息子ながらわかりやすい奴だな！」

「やめろってやめろって！　親父！　もしこの会話を、悠炎さんに聞かれたら……！」

と慌てふためく青年の後ろに影がさした。

その影のおおもとの人物は、青年の肩にがっしりと腕を回す。

「よお。俺の妻に色目を使うとは大した度胸だな」

脅すような低い声に、青年の背筋がピシッと伸びた。

「ゆゆゆゆゆ、悠炎さん！　べ、べ、べ、べ、別に色目なんか使ってないよ！」

青年はかわいそうなぐらい縮み上がるとそう述べた。

「ほう？　俺の前で嘘をつく気だな？　ますますいい度胸だ」

「ち、ち、ち、違うよ！　確かに江先生は美人だけど!!」

震える声でそう主張する楊円を憐み、瑛琳は悠炎を睨めつけた。

「もう、悠炎、からかわないの！　かわいそうに、顔が真っ青よ」

そう言って、悠炎と青年の間に割り込み、ふたりを引き剥がす。

「うう、江先生～」

今にも泣きそうな声色で言うと、瑛琳の小さな背中に楊円は隠れた。

楊円と瑛琳はそれほど年が変わらないはずなのだが、完全に歳の離れた姉弟のようになっている。

その様を悠炎は面白《おもしろ》くなさそうに見た。

「いや、瑛琳は甘やかしすぎだって。それに楊円はからかうと面白い」

「面白くても、かわいそうでしょ！　それにこの子、さっきまで怪我していたのよ」

そう言って、瑛琳は楊円の方へと振り返る。

「今日は一日安静にしていてね。傷口は塞がっても、失った血がもとに戻ったわけではないのよ」

「はい、はい……。先生、ありがとうございます」

そう答える楊円は、赤くポーッとした顔で瑛琳を見ていた。

好意を寄せているのは明らかであるのに、瑛琳はまったく気づいていない。

悠炎が深くため息をつく。

「俺の妻が鈍すぎる」

「なにか言った？　悠炎」

「いや、なんでも……」

ふたりでもご話していると、楊葉が外を見て目を丸くさせた。

「こいつは、すごい大物じゃないですか！　またえらくでかいの獲ってきやしたね」

楊葉はそう感嘆の声をあげる。

瑛琳も気になって外に出ると、そこには大きな猪の死骸《しがい》があった。

悠炎は、山に入って薬草を採取してくれるのだが、たまにこうして山で遭遇した獣を狩ってくれることがある。今日は、猪が獲れたようだ。

「まあな。だが、解体が大変だ。悪いが手伝ってもらえるか？　もちろん、肉も分ける」

「もちろんかまわねえ。むしろありがてえですよ。……最近、畑の方はサッパリだ。うまく育ってくれなくてねえ。それに運よく実をつけたとしても、小さいのばかり……いったい最近はどうしちまったんだろうね。年々、実りが悪くなってる」

楊葉は、農夫だ。麦などを育てているが、どれだけ畑仕事を頑張っても実りが減る一方だと言う。

楊葉の話に思わず瑛琳は顔を曇らせた。

（確実に、鳳凰神様の豊穣の力が失われつつある……）

このままいけば、炎華国はどうなるのだろう。ここに住む人々は。

瑛琳の気持ちを察したのか、悲しい未来に想いを馳せる瑛琳の背中をそっと支える手の温もりがあった。悠炎だ。

「大丈夫だ。もしもの時は、狩人に転身して、俺が食い扶持《ぶち》ぐらいは稼いでやるよ」

「お！　こりゃ頼もしいですね！　さすが将軍！」

「それより、早く戻らなくていいのか？　チビはどうした？　この時間は奥さんは染め仕事で出ているだろ。ひとりにさせているのか？」

「おお、チビは昼寝中で……」と続いた言葉のすぐ後だった。

「ビエーン!!」

この世の終わりを嘆くような鳴き声が響いた
気づけば、すぐ近くに三歳ほどの小さな子供がいた。先ほど悠炎たちが話していた〝チビ〟である。

楊葉の末の息子で、名は楊賛《ようさん》。

「げげ、ひとりで起きた上に、ここまでひとりで探しに来たのか！」

楊葉は慌てて泣き叫ぶチビを抱き上げた。

「おーおー、泣くな泣くな！　ひとりにして悪かったって！」

泣いてぐずる子供の背中をさする。しばらくして子供もどうやら落ち着いたらしく、ひっくひっくとしゃくりあげるだけになった。

「それじゃあ、このままチビとこいつ連れて帰るわ。本当に、先生、ありがとうな。

悠炎将軍、後で猪の解体手伝いに来ますぜ！」

「ああ、別に急がなくてもいいからな」

悠炎が親子の背中に向かって声をかけると、楊葉は後ろ手を振って去っていった。

一瞬にして静かになる。まるで嵐のようだった。

（……子供ができたら、あんなふうに賑やかになるのかしら）

そんなことを思いながら微笑ましく親子を見送る瑛琳の背中に、太く逞しい腕が回される。そして骨ばった大きな手が、瑛琳の腰のあたりに置かれた。

「ただいま、瑛琳」

甘えるように、少し体重をかけてひっついてくる悠炎が可愛らしくて、思わず頬が緩んだ。腰に回された悠炎の手に瑛琳も自分の手を重ねる。

「おかえりなさい。悠炎。……それにしても、悠炎は本当に楊円をからかうのが好きみたいだけど、ほどほどにしてあげて」

「いや、だって、あいつは絶対下心がある。俺にはわかる」

「下心なんて、そんなのあるわけないじゃない。かわいそうに」

「瑛琳の態度も問題だ。ものすごい年下の男を相手にしているみたいに言うが、あいつはもう十六だぞ」

「それはわかっているけれど……きゃ」

なにか言おうとする瑛琳を邪魔するように、悠炎は腰に回した手に少し力を入れて瑛琳を抱き寄せた。

「いや、わかっていない。わかっていないからこれほどやきもきしているんだ。まったく、俺の妻は、どうしてこうも自分の魅力に疎いのか」

そう言って、悠炎は瑛琳の顎に手をかけて上向かせる。

ふたりの目と目が合った。愛しそうに優しく微笑む悠炎を見て、思わず瑛琳は頬を染めて視線を逸らす。

「また、目を逸らした。そろそろ慣れたらどうだ？　俺たちはもう夫婦なんだぞ」

くつくつとおかしそうに笑う悠炎が憎らしい。

ここで暮らし始めてもう四ヶ月。ふたりで夫婦の契りを交わし、身も心も結ばれたが、いまだに瑛琳は悠炎に見つめられると照れしまって顔を背けてしまうことがある。

「だって、照れてしまうのだもの。……悠炎は余裕があっていいわね」

思わず瑛琳が拗ねたような口調で言うとそれが意外だったのか、悠炎は少しだけ目を見張った。そしてふっと柔らかく笑うと、瑛琳を見た。

熱を孕んだ悠炎の瞳が、まっすぐ瑛琳を捉える。

「余裕なんかあるわけないだろ。あったら……あんなガキ相手にからかったりしない」

悠炎は囁くようにそう言うと、唇を寄せた。

熱く柔らかい感触に、瑛琳も瞳を閉じて受け入れる。

しばらくふたりの時間を堪能した後、瑛琳が唇を離した。

まだ続けたかったのか、悠炎が離れた唇を不満そうに見つめるのを、瑛琳はくすりと笑って口を開いた。

「ねえ、悠炎……私、もしかしたら妊娠したかもしれないわ」

「え……」

悠炎の目が見開く。

「まだ、はっきりとはわからないのだけど、でも、確かに感じるの、ここに」

瑛琳はそう言って、自分のお腹に手を当てた。

まだはっきりと妊娠したとわかるほどお腹は出ていない。だが、微かに力を感じていた。

神通力のようなものだろうか。普通の人よりも神通力を感じ取る力にたけている瑛琳だからこそわかる。

己の腹の中になにかがいる。なにかが生まれようとしている。

「本当に……？　俺たちの子が……」

そう言って石像のように固まった悠炎を見て、瑛琳は少し不安になった。

（喜んでくれると思っていたのだけど……嫌だったのかしら）

言葉にこそしてはいなかったが、悠炎は子供を欲しがっているように見えていた。

お隣夫婦の子供たちを可愛がっている様子からも、子供が好きなのだと思っていた。

だが、そうではないのだろうか。

瑛琳の脳裏に不安がよぎったが、次の悠炎の一言ですべてが晴れた。

「瑛琳！　すごい！　すごいぞ！　子供が！　俺たちの子だ！」

そう言って、勢いよく抱きしめてきて、瑛琳は悠炎の胸の中にすっぽりと埋まった。

先ほど感じた不安が杞憂に終わって安堵するとともに、喜んでくれる悠炎が嬉しくて泣きそうになった。

瑛琳も、悠炎の胸に顔を埋める。

（愛しい……）

この世界のすべてが、愛しく思えてくる。

幼い頃は、こんなこと一度も思ったことがなかった。

いつもなにかに期待して、でも誰も瑛琳が期待したものはくれなかった。

ただ頭を撫でてほしかっただけ。優しい声で愛していると言ってほしかっただけ。

幼い瑛琳が求めていたのはそれだけだったのに、誰もその思いに気づいてくれなかった。

自分にはなにもない。愛されたことがないから、誰かを愛することもできない。

そう思っていたけれど、でも、そんなことはなかった。

悠炎はその大きな愛で瑛琳を包んでくれて、人を愛する方法を教えてくれた。

もう瑛琳は愛することが怖くない。顔すら知らないお腹の中の子が、すでに信じられないほどに愛しい。

この愛しさを、悠炎がそうしてくれたように、生まれた赤子にも惜しみなく注いであげたい。

悠炎が、瑛琳に人の愛し方を、世界の愛し方を教えてくれた。

だからこんなにも、今世界が輝いて見える。

（お腹の子にも、こんな世界を見せてあげたい」

そう思って、目を開く。

悠炎の胸に寄せていた顔を少し横に向けて外を見た。

暖かな日差しが降り注いでいる。田畑が広がっている。

だが、明らかに以前ほどには豊かではない。

畑の作物はまだらにしか芽生えず、本来なら大きく瑞々《みずみず》しい緑色をしているはずの葉っぱも小さく、黄色がかっている。

明らかに不作と言える状況だった。特に水が不足するほどの日照りが続いているわけではない。水害にあったわけでもない。だが、作物は痩せ細っていく。

思わず顔を曇らせた。

確実に、鳳凰神の豊穣の力が弱まっている。

（悠炎はどうしようもないことだと言った。神の力が弱まったことに自分たちができることはないと。他の国は豊穣の契約をせずとも暮らしているのだから、大丈夫だと）

でも、本当にこのままでいいのだろうか。

瑛琳の胸に先の見えない漠然とした不安が押し寄せる。

「ねえ、悠炎、やっぱり鳳凰神様のこと、どうにかできないかしら」

瑛琳が思わずこぼした言葉に、悠炎は抱きしめる腕を緩めて離れた。

そして瑛琳に向き合うと諭すよう口を開く。

「その話は何度もしただろ。鳳凰神の力なんていらない。そんなものがあるから戦が起きる。神なんかいなくていいんだ」

「でも……」

「それに俺は、もし瑛琳を捧げれば豊穣が授かると言われても絶対に渡さない。その時は、神と刺し違えてでも、瑛琳を取り戻す。誰かの犠牲の上に成り立つ豊かさなんて、俺はいらない。そもそもひとりの女性を犠牲にして得られる豊かさは、本当に豊かと言えるのか」

「悠炎……」

射竦《いすく》めるように瑛琳を見る悠炎の眼差しは鋭く、瑛琳は口を噤んだ。

「……悪い。怖がらせるつもりはないんだ。それに、そもそも、こればかりは俺たちにどうにかできるものじゃない」

悠炎に諭されて、瑛琳はうなずいた。

不安に思ったところで、悠炎の言うようにそもそも瑛琳にはなにもできない。できることがない。神の力は潰えてしまったのだ。

瑛琳は再び瞳を閉じた。

瑛琳にはただ祈ることしかできなかった。いったい誰に祈ればいいのかわからないままに。

◆

村に移り住んでから、八ヶ月が経過した。

その日はどんよりとした曇り空の日で、村には泣きすする声が響いていた。

数日前までは元気に走り回っていた子供が、今は真っ白な顔でぐったりと母親に抱かれている。

この子は、みんなにチビと言われて可愛がられていた、楊葉の家の末の男子、楊賛。

元気で明るくて、いつもにこにこと笑顔を振りまいて、瑛琳や悠炎にまでその元気を分けてくれていた。

だけどこの子の笑顔はもう見られない。

風邪をこじらせて、そのまま亡くなってしまった。

大地に還《かえ》す前の最後の別れを惜しんでいる夫婦の背中を見ながら、瑛琳は祈ることしかできない自分の無力さに押し潰されそうになっていた。

神通力の癒術は、怪我を治せるが、風邪や病気までは治せない。

それでも瑛琳は子供の治療に手を尽くしたが、助けることはできなかった。

「なぜ、作物が実らないいんだ。ちゃんとしたものが食えていたら、助けられたはずだ……」

「鳳凰神の契約は、どうなったのだ。皇帝は、なぜなにも手を打たないんだ……」

どこからか、そんな声が聞こえた。瑛琳たちと同じく最後の別れに来た村人の声だろう。

風邪をこじらせて幼い子供が亡くなるのは、この村ではそれほど珍しいことではない。だが、今回に関しては、時期が悪かった。今年の作物が、例年にまして実らなかったのだ。

村に不幸が訪れるたびに、この異常な不作のせいだと口にする者が後を絶たない。

口にはしなくても、心の中でそう思っている者も少なくはないだろう。

作物はどれほど手をかけても実らない。

今まで、盟約に守られていた炎華国の人々の間では混乱が始まっていた。

すでに誰もが国に異変が起きているのを自覚し始めている。

今はまだ、塩漬けや干して長持ちするように加工した保存食が多少残っているが、それもどれほど持つか。

これほどまでに生活が変わってくると、瑛琳も思ってしまう。

もし、鳳凰神の力が失われていなければ、あの子は助かったのではないかと。

そしてこれから先の未来を思った。

誰もが日々の食事を制限する中、弱くて最も尊い者から亡くなることが増えていくだろう。

鳳凰神の眷属である凰蘭は、炎華国の大地を呪われた死の地だと言っていた。

この地は、鳳凰神の力なくしては生きていけない場所なのかもしれない。

「瑛琳、手が……」

隣にいた悠炎がいたわしそうに瑛琳の手を取る。血が出ていた。手を強く握りしめすぎて、爪が手のひらに食い込んでいたのだ。

でも、こんな傷、子供を失った親の痛みに比べたらなんともない。

「私は、大丈夫……」

小さくそれだけ答える。

それ以上言葉を交わす気になれなかった。

今でも、はっきりと思い出せる。あの小さな子が、『助けて、助けて』と心の中で叫ぶあの声を。

瑛琳は自分のお腹を見た。

今はもうはっきりと大きくなっている。

お腹の子の未来が明るいものであってほしい。そう思うのに、それはとても難しいもののように感じて、瑛琳は瞳を力なく伏せたのだった。

◆

夜も更け、瑛琳は寝台に横たわっていた。

いつも隣で寝ている悠炎は、今はいない。泊まりがけの狩に出かけていた。

山の木々すら枯れ始め、果物や野草や山菜を採るのですら難しい。それに合わせて、野生の動物たちの姿も消えていった。

だが隣国まで足を伸ばせば、不思議といつも通りの緑あふれた景色が広がっている。

野生の動物たちはそちらへと移ってしまったようだった。

『ちゃんとしたものが食えていたら、助けられたはずだ』

誰かが言った言葉が脳裏をよぎる。

そう、もし豊穣が約束されていたのなら、あの子は助かったのかもしれない。

ふと思い立って瑛琳は体を起こした。

お腹に手を当てる。

なにか感じる。産まれたがっている。

そう思った時には、腰のあたりに鈍痛が走った。

息ができないほどに苦しい。どうにか浅く息を吸っては吐いて、その痛みを逃した。

だが、ひどい痛みは再び瑛琳を襲う。額に汗が滲んだ。

気づけば、下に敷いていた布団がひどく濡れている。破水だ。

「まだ、早いのに……」

産まれるにはもう少し先のはずだ。村から少し離れた場所にある町の医者に診てもらってそう言われている。

だが、お腹の子は今産まれようとしている。

(村長を呼ばないと……)

瑛琳の村の長は、村を取りまとめている老婆で、産婆も担っている。産む時になったら来てもらう予定だった。

だが、今は痛みで立てそうにもない。

それに、瑛琳には気がかりなことがあった。

お腹の子は、三つ子なのだ。

そのことは誰にも言っていない。でも確かに、気を研ぎ澄ませると神通力の気配を三つ感じるのだ。

(三つ子……)

苦しみに耐えながら瑛琳は考える。

『我々、鳳凰は、神と人が交わった末に必ず三つ子で生まれる』

鳳凰神の眷属の凰蘭が語ったその言葉が頭から離れない。

そんなことありはしない。あり得ない。そうは思うのに……否定できない。

しばらく苦痛に耐えた瑛琳は脂汗を滲ませながら大きく息を吐き出すと、とうとう覚悟を決めた。

もともと万が一に備えて、ひとりで出産をする状況になった時にしなければいけないことを村長に教えてもらっていた。三つ子かもしれないと思った時に、もしかしたら自分ひとりで産む必要があるかもしれないと、そう思って。

それに瑛琳は、なにかあった時には仙術を使って傷も治せる。

――そうして長きに渡る痛みに耐え抜いて、瑛琳はひとりで子を産んだ。
産んだ後、仙術で体を癒すのを忘れ、呆然として我が子を見た。
やはり三つ子だった。
予定外に早く生まれたからか、それとも別の理由からか、とても小さい我が子たち。
しかし、瑛琳が呆然としたのは、それが理由ではない。
三つ子の背中に、小さな赤い翼が生えていたからだ。
その赤い翼の色は、瑛琳も見たことがある。
鳳凰の朱色だった。

◆

――悠炎は空を飛んでいた。
気持ちがいいほど澄んだ青空で、どこまででも飛んでいけるような気がした。
隣を見れば、自分と同じ赤い翼をはためかせて空を飛ぶ鳥が二羽いた。
そのうちの一羽が、自分と同じ朱色の翼を大きく羽ばたかせた。
あ、と言う間もなくその鳥は隣から、前方へ。

大きな翼を堂々と広げる姿に、憧れに似た気持ちを抱いた。

「やっぱり、兄さんは速いなぁ」

そう、あれは兄だ。

自分よりも力強く逞しい兄。

兄は憧れなのだ。無口であまり話してはくれないけれど、でもずっと、昔から憧れだった。

自分より先を力強く飛ぶ兄が、ふと後ろに視線を向ける。

悠炎が惚《とぼ》けたような顔で兄を見ていたからか、からかうように瞳を和らげたように見えた。

それだけで嬉しかった。なにかしらの意思の疎通ができたような気がした。

大好きだった。絆《きずな》があると信じていた。

だって、兄弟なのだから。

「……おい！　悠炎、起きろ！」

という声とともに頬を叩かれて、悠炎はハッと目を覚ました。

屋根付きの馬車に揺られていた。

「やっと起きたか。珍しいな、こんなに熟睡するなんて。もうすぐ村に着くぞ」

村の周辺に獣たちがいなくなり、狩りをするにも遠くに行かねばならなくなった。

食料の不足を危惧《きぐ》して、村の若い者たちで団を作って十数日かけての狩りだ。妊娠中の瑛琳が心配でならなかったが、そうも言っていられないほどに今は困窮していた。

今はその狩りの帰り道。どうやら揺れる馬車の中で寝ていたらしい。

(最近、同じ夢ばかり見る。まさか、昔の記憶か？　いや、まさかな。そもそも夢の中の俺は鳥だった。そんなこと……あり得ない)

ここ最近、悠炎は毎日のように鳥になって空を飛ぶ夢を見ていた。

ありえない光景なのに、どこか懐かく感じる不思議な夢。

だが、それ自体が変な話だった。

なにせ夢の中の悠炎は鳥で、しかも見たこともない赤い巨鳥だ。そんな突拍子もない夢を懐かしむ理由などあるはずもない。

悠炎は眠気を覚ますために水を一口飲んでから、先頭で馬の手綱を引く男に視線を向けた。

「悪い、代わろうか？」

男はこちらに振り返らず小さく首を横に振った。

「いや、いいさ。もうすぐ着く」

その声は疲れきっていた。いや、ここにいる者はみな同じように疲れた顔をしている。

今回は村の男たちで力を合わせての集団の狩りだったが、めぼしい成果は得られなかった。これでは冬を越せない。それになにより村に戻っても、食料を期待して待っている村人たちに合わせる顔がないといった様子だった。

「悠炎の旦那はおりやすか!?」

外から声が聞こえた。馬車が帰ってきたことに気づいた者が声をかけてきたのだろう。だが切羽詰まったような声に不安がよぎる。

立ち上がって馬車から身を乗り出すと、声の主は楊葉だった。

「どうかしたのか?」

「大変です! 江先生が! いなくなっちまったんです!」

その言葉に悠炎の頭は真っ白になっていた。

◆

瑛琳は、都に戻ってきていた。

足が棒のようだった。ここへ辿り着くまでは一歩踏み出すたびに足の裏が痛んだが、今はもうその感覚すらない。

それでも瑛琳は杖をつきながら前へ前へと進む。

仙術を使えばある程度移動が楽になるが、まだ温存しておきたい。これからどれくらい神通力が必要になるのかわからないから。

「ふえ、ふえ、ふえ……」

赤子の弱々しい泣き声が、背中から聞こえてきた。

瑛琳が背負っている大きな籠には、三人の赤子が眠っている。どうやらそのひとりが起きてしまったようだった。

その声につられる形で、他のふたりも目が覚めてしまい、「ふえんふえん」とぐずるような寝起きの声をあげた。

瑛琳は赤子たちをなだめるために体を揺らす。

「大丈夫よ。もうすぐ。もうすぐの辛抱よ」

そう言って後ろに優しく声をかける。赤子たちはその声に安心したのか、次第にぐずる声が止まり、小さな寝息を立て始めた。

「いい子たちね……」

大人しく寝入ってくれた赤子たちに安堵しながら、籠の中をうかがい見る。

赤子らの頭にうっすらと生えた髪の色は輝くような橙色。丸い輪郭《りんかく》はふくふくと柔らかそうで、いつまででも見ていられる。

予定よりも早くに生まれたために、普通の赤子と比べると小さいが、乳もよく飲みとても元気があった。賢明に生きようとしてくれている。

生まれてすぐに過酷な旅に連れ出してしまっていることに申し訳なく思う気持ちがある。だが、それでもすぐに行かねばならないと思った。

この子たちのためにも。炎華国のためにも。

なにせこの赤子たちは一見すればただの可愛い赤子だが、背中には羽がある。燃えるように赤い羽。鳳凰の証だ。

この赤子らは、神の子なのである。

あの夜、赤子の背中に生えている翼を見て、瑛琳の頭は真っ白になった。

もしかしたら……と思う気持ちは少なからずあった。お腹の中に三つの神通力を感じ取った時から。

だが、それでも、いざ目の前にすると、なにも考えられなくなった。

まず抱いたのは、なぜという疑問。なぜ、赤子たちに赤い羽が生えているのだという疑問だ。

『我々、鳳凰は、神と人が交わった末に必ず三つ子で生まれる。その中のひとりだけが、神になり得る力を持つのだ』

凰蘭の言葉が何度も脳裏をめぐる。

つまり、鳳凰神の子は必ず三つ子として生まれる。鳳凰の眷属である凰蘭は、鳳凰神の妹でもあるのだ。

瑛琳はやっと気づいたのだ。いや、受け入れたと言った方が正確かもしれない。

瑛琳が産んだ赤子たちは、悠炎との子ではなく、鳳凰神・鳳泉との間にできた子だと。

鳳泉に生贄として捧げられた夜、瑛琳は彼を酔い潰し、体の関係はないものと思っていた。

だが、おそらくあの夜、鳳凰神と関係を持っていたのだろう。

瑛琳自身も酒のせいで記憶が定かでなかったのだ。あり得ない話ではない。でなければ、産まれた赤子に鳳凰の赤い羽がある理由に説明がつかない。この三つ子たちは間違いなく神の子なのだから。

そのことに思い至った時、瑛琳は悠炎に相談しようかとも思った。だが、悠炎がどのように思うかがわからなかった。

優しい悠炎なら、赤子のことを受け入れて一緒に今後のことを考えてくれるはずだという思いもあった。だが、もし思ってもみないことを言われ、産まれた赤子に害が及んだらと、不安になってしまった。

自身の子だと思っていたのに、鳳凰神の子だと知った悠炎はどうするだろうか。

そもそも悠炎は、鳳凰神に不信を抱いている。神と契約して国に豊穣をもたらすという盟約もよく思っていない。ひとりの女を生贄にした上で成り立つ国に嫌悪感すら抱いている節がある。豊かだからこそ、他国から狙われて戦争が絶えないとも言っていた。

それになにより、瑛琳は神の子の育て方を知らない。健やかに育てるためには、おそらく鳳凰神のいる鳳凰天地に行かなくてはならないだろう。

果たしてそれを、悠炎は許してくれるだろうか。

もし、生まれたばかりの赤子たちを失うことになったら……。

そんなの耐えられない。この子たちは、間違いなく瑛琳の可愛い子に他ならないのだから。

その時の瑛琳は子供に対する愛しさだけで、出産で疲れた体と心を突き動かしていた。

守らねばならないと思った。

覚悟を決めた瑛琳は、産後のボロボロの体の傷を仙術で癒し立ち上がっていた。

傷は癒せても、流した血は戻らないし悪露《おろ》もある。それに産後の体には様々な変化があり、体が異常に重い。

それでも、今行かないといけないと思った。

そうして瑛琳は、産後の体を癒術で騙し騙し酷使しながら、ここまで来たのだ。

目指すは、都の中央にある皇宮。

皇帝が政を執り行い、皇帝の妃たちが住まうその場所に、箱舟と呼ばれる空に浮く舟がある。人族が神に会う時にのみ使われる、神通力で動く舟だ。

瑛琳が生贄に捧げられた時は、凰蘭が飛んで迎えに来てくれたが、本来ならこの箱舟に乗って鳳凰神が住まう浮島へと渡る。

今の瑛琳が浮島に行くには、この箱舟に乗る方法しか思いつかなかった。

悠炎は【宙歩】という仙術を使って瑛琳を助けに来てくれた。しかし、それができたのは、類まれな仙術使いであり、恐ろしいほどの身体能力を持つ悠炎だからこそ。

神通力の強さという面では瑛琳にもできなくもないだろうが、どうしても体力が足りない。万が一、空の上で力尽きれば三人の赤子ともども落下するという危険を孕む。

赤子のことを思えば危険を犯すことはできない。

確実な足が欲しかった。だからこその箱船だ。

瑛琳は三つ子を抱えながらなんとか都を進み、目的の皇宮の目の前まで辿り着く。

当然、瑛琳が堂々と入れるわけがないので、仙術を使って見張りの目をかいくぐり、皇宮の塀を超えた。

今まで真面目に生きていた瑛琳にとって、皇宮に忍び込むことなど考えられない。

だが、今は赤子のためと思えばなんとでもないことのように思えて、自分の心の変化にどこかおかしく感じた。

そうして瑛琳は、とうとう箱舟のある場所まで辿り着いた。教師として後宮に通っていた経験がこんなところで生かされるとは、以前の瑛琳は思いもしなかったろう。

箱舟は皇宮の内庭に敷かれた池の上に浮いている。神の国へつながる特別な舟だが、見た目は渡舟のように小さい。

通常ひとりかふたりの見張りの者がいるぐらいでそれほど物々しい警備はないのだが、その日に限ってはなぜか箱舟の周りに人だかりができている。

物陰に隠れて目を凝らして見てみると、たくさんの衛兵たちの中に皇帝の姿があった。そして皇帝はかがみ込むと、目の前の澄んだ池に浮かぶ小舟に乗る人物に何事か話している。

その顔は、いつも覇気《はき》を放つ皇帝にしては珍しく、弱々しく悲しみに満ちていた。

(皇帝陛下が、なぜ……)

皇帝の悲しみと優しさを湛《たた》えたその瞳の先には、赤い衣装を纏った女性がいた。

なんの飾りもない素朴な箱舟に、真っ赤な衣装が花のように咲いている。

(あれは……珠蓮公主様!?)

箱舟に乗っていたのはかつての教え子である珠蓮公主だった。

悲しみに濡れた瞳で、皇帝を見ている。

その様を見て、瑛琳は理解した。

珠蓮公主が身につけているのは、花嫁衣装だ。そして今から鳳凰神に生贄として捧げられるのだろう。

（なぜ、珠蓮公主様が生贄花嫁に……？）

鳳凰天地には、もう生贄を捧げる神はいない。鳳凰神を名乗っている鳳泉が、諦めきれずに求めたのだろうか。

理由はわからなかったが、このままでは危うい。

瑛琳は、あの箱舟が必要なのだ。

どうすればよいかと辺りを見渡した。すると、独特の青い波紋様が描かれた衣を着て、頭から白い布を被った男に目が留まる。手には櫂《かい》を持っていた。外廷につながる渡り廊下をこちらに向かってひとりで歩いてきている。

（あれは、箱舟の船頭……！　おそらく、珠蓮公主様を鳳凰天地に運ぶための……）

そう思った時には、すでに瑛琳は動いていた。

赤子を預けた籠をいったん床に置き、船頭の男の後ろに忍び寄って、仙術を使って男を床に転がした。

そして筆を動かすと【身隠しの術】で男を隠し、自身に変化の術をかけて船頭になりすます。

大胆なことをしていると自分でもわかっていた。でも、もう後戻りはできない。

それから籠にも術をかけて見えないようにすると、瑛琳は堂々とした足どりで珠蓮公主が乗る箱舟に乗り込んだ。

このまま一緒に、浮島に行く。

「ああ、もう運び手が来たか。さようなら、珠蓮。可愛い娘よ」

名残惜しそうに皇帝が言う。

その表情は、愛する我が子の行く末を案じる父そのものだった。

瑛琳は、櫂の先端を池に浸し神通力を流し込む。

確かな手応えとともに、箱舟は浮いた。

皇帝の姿が見えなくなるまで舟の上から手を振り続ける珠蓮公主の背中を、瑛琳は複雑な思いで見ていた。


しばらく箱舟に乗って空を浮遊する。

少ない神通力でここまで安定した飛行ができるのは、ありがたかった。しかも、腰を下ろすこともできたので、久しぶりに一息つけた心地だった。

思えば随分な無茶をした。皇宮に忍び込んだのもそうだが、産後の体でよくぞここまで来たと思う。

瑛琳は隙を見て、籠の中の三つ子を確認した。みんなスヤスヤと眠っている。

彼らの寝顔を見ると、疲れが吹き飛ぶようだった。

瑛琳が赤子の顔に和んでいると、小さくしゃくりをあげる声が聞こえてきた。赤子ではない。

声のする方を見たら、膝に顔を埋めて肩を震わす珠蓮公主がいた。

（泣いていらっしゃる……）

無理もない。これから鳳凰の神に捧げられるのだ。瑛琳だって、本当は恐ろしかった。

（それにしても、なぜ珠蓮公主が花嫁に……？）

たとえ花嫁を捧げようとも、もう神の子は生まれない。少なくとも鳳凰たちはそう思っている。だからこそ、凰蘭は瑛琳を逃してくれたのだ。

凰蘭は自分が収めると言ってくれたが、鳳泉の説得に失敗し、新しい花嫁を所望したのだろうか。

「珠蓮公主様、どうして花嫁になられたのですか？　鳳凰神が望まれたのですか？」

思わず瑛琳は問いかけていた。

その声は、船頭の男に扮していたため低い。

突然話しかけられた珠蓮公主は顔を上げると、訝しげな顔を向ける。

「なぜ、今さらそのようなことを尋ねるの？　知っているでしょう？　以前、鳳凰神様が所望する神通力の高い花嫁を捧げたのに、一向に国は豊かにならない。だから……」

そこまで言って、珠蓮公主は一度キュッと唇を引き結ぶ。すぐに、なにかをこらえたような表情で口を開いた。

「だから、私も捧げることにしたのよ。それで、どうにか鳳凰神様に豊穣を恵んでいただくの……。私は、皇帝の娘よ。本来なら私が行くはずだったのよ……」

そう言った珠蓮公主の顔には覚悟の色がうかがえた。

どうやら、鳳凰神からの要求ではなく、炎華国側が自ら進んで捧げたということらしい。

泣き腫《は》らした目で拳を震わせながらも逃げずにここにいる彼女の姿が痛々しかった。

「それで、いいのですか？　怖くはないのですか？」

「怖いか、ですって？　そんなの怖いに決まっているじゃない。なにが起こるかわからないんだもの。神にバリバリ骨ごと食われてしまうのかもしれない。でも……私が行くしかないのよ。これは公主としての私の務め」

はっきりとした口調で、珠蓮公主はそう口にする。先ほどまで泣き濡れていた瞳にも力があった。

だが、確かに瑛琳の耳には聞こえるのだ。

『助けて……助けて……』

瑛琳が持つ【乞助の傾聴】の力が、珠蓮公主の心の声を拾い上げる。

（今思い返せば、以前の珠蓮公主様は、私を生贄花嫁にするために動かれていた……）

珠蓮公主が、悠炎とは恋人同士だと嘘をついたのは、生贄花嫁の任を瑛琳になすりつけたいがためだったのだろう。

いや、それだけじゃない。生贄花嫁に選ばれないように、珠蓮公主はずっと気を張っていた。もともと優秀だったのに、突然仙術の扱いが下手になったのもそのひとつ。神通力の強い者が、生贄花嫁に選ばれるということをなんらかの手段で知ったために弱いふりをしたのだろう。

しかし、神通力の強さはなにも仙術の扱いだけでは測れない。仙術の扱いが下手なふりをしたからといって、神通力が弱いというわけではないのだ。

あの教室の妃の中では、間違いなく珠蓮公主の神通力は強かった。だから、自分よりも強い者を、代わりに探す必要があった。そして見つけたのが瑛琳だった。

瑛琳は親の言いつけの通り、自分の神通力の強さを過少評価して仙術の教師を務めていた。

だが、神通力を持つ者の中には、瑛琳のように、相手の力がなんとなくわかる者がいる。珠蓮公主もそうだったのだろう。授業中に瑛琳が力を使うの見て、自分よりも強いと思い至った。

しかし、このままいけば自分が生贄花嫁に選ばれる。瑛琳の神通力の強さを対外的に示す手段もない。

生贄花嫁になることだけは避けたくて、珠蓮公主は彼女なりに考えたのだ。そしてまず瑛琳を妃に召し上げるように皇帝に懇願した。そうしないと生贄花嫁になるための条件がそろわない。

それにそれは瑛琳と悠炎を引き裂くことにもつながる。

あわよくば憧れの悠炎を手に入れられるかもしれないという思いもあったかもしれないが、自分の代わりに生贄花嫁になり得る人物、瑛琳に、すでに愛し合う者がいたら生贄花嫁になろうとは思わないだろうと、そう考えたのだろう。

まだ十五歳の少女が、必死に頭を巡らせて、生贄に選ばれないようにと足掻く姿が目に見えるようだった。

思わず瑛琳が珠蓮公主に見入っていると、彼女は瞳を伏せた。

「それに、私はもっと早くにこうなる運命だった。恩師に甘え、あまつさえ傷をつけ、こうやって生き延びてきた。生き延びてしまった」

恩師、その言葉にハッと瑛琳は息を呑む。

「悠炎様は憧れのお方だった。お慕いしていたの。でも、悠炎様の心は江先生にあった。わかっていたわ。江先生は素敵な方だったもの。悠炎様が想いを寄せるのは当たり前のこと。でも、私には耐えられなかったの。私は生贄花嫁として捧げられるというのに、江先生は悠炎様と結ばれる。それが妬ましくて、仕方なくて……。でも、なぜ、私はあんなことをしてしまったのか。確かに、私は悠炎様をお慕いしていたけれど、それ以上に、江先生のことも好きだったのに……！」

珠蓮公主はもう耐えられないとばかりに顔を歪めて大粒の涙を落とした。止まらない涙を隠すように両手で顔を覆う。

「珠蓮公主様……」

呆然と、涙を流す珠蓮公主を瑛琳は見下ろした。

瑛琳が都を出てからのことはなにも知らない。けれどのその間に、自分よりもふたつも年下の少女がどれだけ己を責めたのかがわかって、胸が痛かった。

思わず瑛琳は、彼女のそばに近づき、その震える肩を抱いた。

彼女がこれほど嘆く必要は果たしてあるのだろうか。

十五歳の少女が、生贄に選ばれたくなくて必死に足掻いたその様を、誰が責められるだろう。

そもそも、神通力の強い者が生贄花嫁に選ばれるというのなら、瑛琳が選ばれて正しかったのだ。珠蓮公主の代わりのような形にはなったが、それが本質ではない。

ふと、瑛琳は悠炎の言葉を思い出した。

『ひとりの女性を犠牲にして得られる豊かさは、本当に豊かと言えるのか』

その言葉が、瑛琳の中で初めて身に染みてくる。

瑛琳は、変化の術を解いた。

「珠蓮公主様。安心してください。あなたを生贄花嫁にはいたしません」

突然聞こえた、いるはずのない女性の柔らかな声に、珠蓮公主はハッとして顔を上げる。そして見つめた先に、瑛琳の微笑む顔があって目を見開いた。

「江、先生……本当に？　私、夢でも見ているの？」

信じられない、と言いたげに目を見開いた。

その頬に、瑛琳がそっと手を添える。

「夢ではありませんよ」

そう声をかけたが、瑛琳の言葉がにわかには信じられないよう。

珠蓮公主は戸惑う表情のまま、自身の頬に添えられた瑛琳の手に自分の手を重ねる。

そしてその温かさを確かめると、じわりと大きな目に涙が浮かんだ。

「本当に、江先生……？」

「珠蓮公主様、ひとつだけお伝えしたいことがございます。私のことで気にやまないでほしいのです。もともと、鳳凰神様のもとへは私が行くべきだったのです。鳳凰神様は神通力の強い娘を所望されていたのですから」

　そう諭すように瑛琳は伝えるが、呆然としていた珠蓮公主はゆるゆると首を横に振る。

「違う、違うわ。私、私が……公主である私が行くべきだったの。それを人に押しつけようとして、卑怯《ひきょう》な手を使って江先生を陥れたのよ！　江先生の仙術の授業、すごく楽しかった。でもそれが、生贄花嫁を選ぶためのものだと知って……江先生がなにも知らないことはわかっていたのに、憎しみが止まらなくて。それに父上が私のことまで生贄花嫁の候補に入れていたという事実に、勝手に裏切られたような気持ちになったの。父上に愛されていないのだと思って……」

　珠蓮の口から意外なことを言われて瑛琳が慌てて口を開く。

「違います、そうじゃないわ。陛下は、珠蓮公主様を愛してらっしゃる」

「……わかっているわ。父上は皇帝陛下だもの。国のことを、民のことを考えていらっしゃるだけ。そのような父上だから、慕っていたの。でも、きっと父上は私に失望したわ。皇族の義務を果たさず、影で人を貶めるような娘だと気づいたのだもの」

　そこまで言って、珠蓮公主はなにかを思い出すように一度口を止めた。

そして瑛琳の表情をうかがいながら、改めて口を開く。

「そう、私は人を陥れたのだわ。江先生と、悠炎様を傷つけた。ねえ、江先生、悠炎様はどちらに？　やはり江先生を追いかけていかれたの？　父上は、悠炎様がいなくなったことにひどく落ち込んでいたわ。だから、そう、やはり私が生贄になるべきだったのよ……ああ、待って、でも江先生はなぜこちらに？　えっと、鳳凰神様に捧げられたのに……やっぱりこれは夢なのかしら」

聞きたいことがありすぎたためか、話しながら混乱していく珠蓮を瑛琳は再び抱きしめる。

「詳しいことはまた後で話しましょう。でも、今は落ち着いて。もう大丈夫。自身を必要以上に責めなくてもいいのです。……すべてよい方へと向かいます」

珠蓮公主を落ち着かせるために、瑛琳は意識してゆっくりと言い聞かせる。

（そう、もう大丈夫。きっといい方向へ向かう。……鳳凰神の子が生まれたのだから）

鳳凰神の子の力を借りて、再びに国に豊かさを。

そうすれば、珠蓮公主が身を犠牲にしようとすることもない。皇帝も可愛い娘を生贄に捧げなくて済み、豊穣が失われて困窮する民たちも助かることになるだろう。

そして生まれた神の子である三つ子たちも、本来の場所にて健やかに暮らすことができる。

すべてがよい方向へと向かうのだ。

ただ一瞬、脳裏によぎったのは悠炎の姿。

短い時間だったが、悠炎と夫婦として過ごした日々はどれほど幸福だっただろうか。

瑛琳が鳳凰の地に渡れば、多くの者が救われる。だが、その中に、瑛琳が求めた悠炎との幸福はない。

今すぐ悠炎のもとに駆け寄って、その逞しい腕の中に抱かれたいという気持ちを押さえつけながら顔を上げると小さく浮島が見えた。

もうすぐ、鳳凰たちが住まう神の地、鳳凰天地に辿り着く。

第四章　神の御子

つけた。

瑛琳がいなくなった。

楊葉から想像すらしていなかったことを言われて混乱しながらも、悠炎は家に駆けつけた。

いつもなら、『おかえり』と温かく迎え入れてくれるはずの瑛琳がおらず、瑛琳の部屋の床には、血の跡が残っていた。それは完全に乾いて赤黒い染みになっている。

「血……？　なんで……！　瑛琳は無事なのか!?」

思わず楊葉の胸倉を掴んだ。楊葉は落ち着けとばかりに、悠炎の拳を両手で包み込む。

「落ち着いてくだせえ、将軍。おそらく、無事だ。村長の話じゃ、この血は出産の際に流した血じゃないかって」

楊葉にそう言われて、悠炎は彼の襟を掴んでいた手をゆるゆると放した。

だが、まだ混乱のさなかにいる。

「出産……？　待ってくれ、ますます意味がわからない。出産をしてなぜ瑛琳が消える？　産まれた子供は？　それに床の血は完全に乾いている。瑛琳はいつからいないんだ？」

「十日ほど前だ。将軍もいなかったもんで、どうすればいいのかわからなくて、部屋はそのままにしていやす。それと、これ」

楊葉はそう言うと、悠炎に布の切れ端のようなものを渡した。

悠炎は引ったくるようにそれを奪う。そこには文字が書かれていた。

『悠炎、今までありがとう。幸せでした。どうか私のことは忘れて生きてください』

書かれた言葉はそれだけだった。

文字は震えていたが、それは確かに瑛琳の筆跡。

はっきりとは書かれていないが、瑛琳が自分の意思でここを出ていったのだとわかる。

「どういう、ことだ……」

突然のことで理解が追いつかない。

足に力が入らなくて、とうとう悠炎は、最後の置き手紙を握りしめたまま崩れ落ちるようにして床に座り込んだ。

床や、布団に染みついた血を見る。おびただしい量だ。

(出産？　なぜ突然消える？　瑛琳！)

色々な疑問が頭をよぎるが、その疑問の答えを持つ人物はここにはいない。

なぜ、なぜだと吐きたくなるほどの混乱の中で、下を見ていると気になるものが目に入った。

悠炎は、床に落ちていたそれを拾い上げる。

羽だった。小さな、羽。

赤黒い色をしていたが、それはおそらく乾いた血の色だ。

悠炎はその羽を指で擦って、血の汚れを取る。すると真っ赤な、燃え盛る炎のような朱色が見えた。

夢で見た光景が目に浮かんだ。飛んでいた鳥たちの色に似ている。

(そうだ。あれは、夢なんかじゃなく……俺は……)

「つ……っ」

頭に痛みが走った。

思わず頭を抱えてうずくまる。だが、失われた記憶がどんどんと悠炎の中に流れ込んでいく。

思い出さねばならない。思い出したくない。ふたつの強い感情が悠炎の中でぶつかり合っている。

そう、確かに悠炎は赤い翼を見たことがある。それはとても身近なものだった。

なぜ今まで忘れることができたのか。忘れてしまったのか。

悠炎が失っていた、最後の記憶は……。

「悠炎、話がある」

あの日、悠炎は突然そう声をかけられた。

悠炎が、屋敷の屋根に乗って胡坐《あぐら》をかき、星空を見上げていた時だった。

振り返ると、兄がいた。くすんだ赤く長い髪を後ろで一本に縛った兄が、亡霊のように青白い顔で佇んでいた。

「兄上、まだ起きてたのか」

いつもの溌剌《はつらつ》さがない兄の様子に少し戸惑ったものの、純粋に兄が話しかけてくれたことが嬉しく、悠炎は笑顔でそう言った。

兄が悠炎に声をかけるのは珍しい。しかも、もうすでに夜は更け、辺りは暗い。なにかあったのだろうか。

悠炎が驚いて兄を見つめていると、兄はどこか暗い表情のまま頷いた。

「ああ」

会話といえるほどのものではなかったが、久しぶりに兄と言葉のやりとりを交えたことに、先ほどまで悲観にくれていた気持ちが少しだけ軽くなった気がした。

(まさか気落ちしてるのを見かねて俺を慰めに来てくれたのだろうか)

もしそうであるなら嬉しいが、意外と優しい姉ならともかく、厳格な兄が慰めに来るというのは、いささか現実味がない気もした。

(兄上のことだから、いつまでもうだうだと悩んでいる俺を叱り飛ばしに来たのかも

しれない。……でも、それでもいい）

悠炎は、最近はあまり接する機会のなかった兄が、こうして会いに来てくれたことがただただ嬉しかった。

悠炎は、鳳泉という兄を慕っていた。

三兄弟の末の子である悠炎には兄と姉がいる。とはいえ、三人は三つ子であり、ほぼ時を同じくして生まれた。

姉はあまり感情を表に出さない人だったが、とても慈愛深く、いつも悠炎には優しかった。

兄は自信に満ちあふれて溌溂としており、なにかと周りを気にして動けないでいる悠炎を、引っ張り上げてくれる頼もしい兄だった。

「……その、なんだ。久しぶりにともに飛ばないか」

いつも何事もはっきりと口にする鳳泉にしては言い淀《よど》むような口調に珍しさを感じたが、兄の提案はやはり嬉しい。

（兄上と一緒に飛ぶのは何年ぶりだろうか！）

先ほどまで途方に暮れて落ち込んでいたのが嘘のように気持ちが浮き立つ。

「いいな、飛ぼう！」

大きな声で返事を返すと、鳳泉はなぜか虚をつかれたような顔をした。

その後反応がないので悠炎は小首を傾げて「どうかしたのか?」と尋ねると、兄はハッとしたような顔をして背を向ける。

「……ならば、行こうか」

鳳泉はそう言って、背中の赤い翼を大きく広げて飛び立った。

辺りに突風が巻き起こり、片手で目元を覆いながら、悠炎はその大きな赤い翼に一瞬見入った。

(やっぱり兄上の翼は大きいなぁ)

悠炎らは、鳳凰と呼ばれる存在だ。

生まれながらにして大きく鮮やかな赤い翼を持っている。

今は翼の生えた人形《ひとがた》をとっているが、炎のような赤い羽を全身に纏い、鋭い嘴《くちばし》を持つ巨鳥の姿も持つ。

悠炎も、小さい頃は良く巨鳥の姿に変じてよく空を飛んだ。

兄や姉たちと一緒に。

久しぶりに間近で見た鳳泉の翼に見入っていたが、兄がどんどん先に行くので慌てて悠炎も翼を広げて追いかけた。

ほどなくして追いついた悠炎は、兄の隣に並んで飛ぶ。

夜風が気持ちいい。

チラリと横を見たが兄は険しい顔のままだ。

どうしたのだろうかとは思ったが、久しぶりに兄と飛べることが嬉しく、すぐに疑問は押しのけられた。

特に会話することもなく飛んでいると、鳳泉が突然減速し、とある丘を指し示した。

「降りる」

「あそこは……旅立ちの丘？」

旅立ちの丘、と呼ばれているが、丘というよりも切り立った崖になった場所だ。空に浮かぶ鳳凰天地という円形の浮島の端にあたる。

ここに住む鳳凰らが地上に降りる時に使うとされているが、今まで地上に降り立ったことのない悠炎は使ったことはない。

「悠炎、こっちだ」

兄に促されて悠炎は、丘の上に降り立った。

兄は崖の端に立って腕を組み、崖下を見下ろしている。その顔は今までになく険しい。悠炎も隣に並び、一緒になって見下ろした。

すでに夜の帳が降りているために、崖下も上の夜空のように真っ暗だった。

だが、星明かりのように小さな灯火の光が点々と目に映る。

あそこには人族たちが群をなし、身を寄せ合って暮らす集落のようなものがあるのだという。

　この浮島の下には、炎華国が広がっている。

　人々が暮らす国を見下ろして、悠炎は少しだけ気持ちが重くなった。

　この国はいつか悠炎が神となった時に守らねばならぬ国だ。

　悠炎が、兄が来る前に屋根の上で途方に暮れていたのは、まさしくそのため。

　鳳凰は必ず、神と人の間から三つ子として生まれる。そしてその三つ子の中で最も神に相応しい人格を備えた者に強い神力が宿り、次代の鳳凰神に選ばれる。

　神に選ばれた鳳凰は、その力でもって邪気を払い、地上に実りをもたらす。

　特にこの鳳凰天地の直下にある炎華国は、呪われた大地だ。鳳凰神の加護がなければ死の大地に戻ってしまい、その地に住まう人々の命すらも枯らすだろう。

　今は夜なのでさほどではないが、日中は、この旅立ちの丘からその炎華国がよく見える。

（兄はここに俺を呼んで、なにをしたいのだろう）

　疑問がよぎるが、問いかける間もなく鳳泉が口を開いた。

「我々が加護を与えてやっている人族の国が見えるか」

　静かに問われて、悠炎は改めて兄にならって崖下を見下ろす。

　どれほど目を凝らしても、点々とした微かな灯りを捉えるぐらいしかできない。

(兄上はいったい、俺になにを伝えようとしているのだろうか)

悠炎は、人族の国に行ったことはない。故に人族の国から嫁いできた母親から聞きかじった程度だ。しかもその母も病弱で悠炎が幼い頃に亡くなったため、彼《か》の国についてはほぼ知らないともいえた。

宵闇で人族の国はほとんどなにも見えない。そう感じるのは、炎華国のことをなにも知らないからではないだろうか。

(そんな自分がこのまま鳳凰神になってもよいのか……)

病弱だった母が亡くなってから、愛情深かった鳳凰神である父も、母を追うようにして気を弱らせた。

おそらく父の先はそう長くない。だからこそ、三つ子の中から、次代の神の後継者を選ぶ必要があった。そして悠炎が選ばれたのだ。選ばれてしまった。

正直なことを言えば、悠炎は自身が鳳凰神を継ぐとは思っていなかった。継ぎたいとも思っていなかった。

悠炎はずっと、力強く立派な兄が神の座を継ぎ、自分は姉と一緒に、その兄の眷属として仕えていくのだろうと思っていた。

だから、鳳凰神を継ぐと決まった日から、とても気が重くて、いつもどこかへ逃げ出してしまい気持ちを抱えている。

「……よくは見えないけど、うっすらと灯りが見えます。暗闇の中で見ると星のようで、まるで星空に包まれているような気持ちになりますね」

しばらく眺めてから、悠炎は感傷的な気持ちでそう感想を述べるも、鳳泉からの返答はない。

(兄上はもしかしたら、ちゃんと現実を見ろと言っているのかもしれない。どこか逃げ腰でいる俺に、逃げるなと伝えようとしているんだ)

なんとなく、最近関わりの少なかった兄が話しかけてきてくれた理由がわかってきた。神に選ばれた悠炎に喝を入れるためなのだろう。悠炎はそう思った。

(厳しい兄上らしい。兄が神に選ばれていたら、俺みたいに悩まずにその責務を受け入れただろうに……。でも選ばれたからにはやらねばならない。それに、俺には、頼りになる兄上も、賢い姉上もいる。ふたりの力を借りれば……)

「悠炎、神に選ばれた気分はどうだ?」

悠炎が少しだけ前向きな気持ちで現実と向き合い始めたあたりで、兄から意外なことを尋ねられた。

「神に選ばれた、気分?　それは……正直、重い、そう感じた」

「ああ、だろうな」

兄はどこか馬鹿にするような雰囲気で、鼻で笑いながら悠炎の言葉を肯定する。

「兄上……?」

どこか様子がおかしい。兄はこんな嫌な笑い方はしない。

悠炎はそう思うが、しかし、それは自分のせいかもしれないとも思った。

(怒っているのかもしれない。俺が、不甲斐《ふがい》ないから)

よくよく思い返せば、馬鹿正直に重いと思ったなどと言った自分が悪い。

そろそろ、覚悟を決めなくてはならないのだ。重いなどと言っている時間はない。

「お前に、大事なことを教えてやろう」

鳳泉はニヤリと笑いながらそう言った。

強い風が吹いて、ふたりの衣や髪をなびかせた。夜の鳳凰天地は少し肌寒く、吹きつけた風も冷たかった。

だがそれ以上に、鳳泉の声色の冷たさに、悠炎はヒヤリと身を竦めた。

「そう身構えるな。もっと顔を寄せて、人族の国を見るんだ」

「もっと顔を寄せて……?」

意味がわからず聞き返すと、鳳泉はまっすぐ前を向き、一瞥もくれずに口を開く。

「しゃがみ込んで、崖下を覗き込め、ということだ」

鳳泉の返答はやはり要領を得ず、よくわからなかったが、悠炎は言われた通りに膝を折った。そして四つん這いの姿勢になり、崖の下を覗き込む。

やはり見えるのは深い闇と、僅《わず》かな灯火の明かり。それだけ。

(けれど、兄上がそう言うのだから、なにか意味があるはずだ……)

悠炎はそう思って先ほどよりももっと身を乗り出す。

すると、翼を掴まれた感覚がした。

顔を後ろに向けると、歪な笑みを浮かべる鳳泉が、悠炎の両方の翼を掴んでいた。

どうしたのか、そう尋ねようとした時に、背中に痛みが走った。

「ぐ……！　な、なにを！」

背中を鳳泉に踏みつけにされた。

だが、痛みに顔をしかめる間もなく、もっと鋭い痛みが走った。

翼の付け根が、痛い。

鳳泉は片足で悠炎の背中を踏みつけ押さえながら、両翼を引っ張っていた。

このままでは……。

「あ、兄上、いったい、なにを……！　つ、翼がちぎれる……！」

そう痛みを訴えかけても、鳳泉の手は緩まない。むしろ先ほどよりも、強い痛みとなって返ってくる。

「悠炎、この裏切り者め！　なにが次代の神だ！　鳳凰神は我こそが相応しい！　なあ、お前も、そう思うだろう!?」

鳳泉が言っている言葉の意味がわからなかった。

どういうことだと考えようとしたいのに、今の状況と背中の痛みが悠炎を混乱させて、考えがまとまらない。まとまるはずもない。

この状況からどうにか脱したいと思い、身の内にある力を使おうと思った。身に宿る神力を解き放った圧だけで、兄をこのまま吹き飛ばすことは可能だとわかっている。

だが、相手が兄であるためにそれもできない。

いったい、兄はなにがしたいのか。自分はどうすればいいのか。

痛みと混乱の中にいた悠炎がようやく『兄が自分の翼を引きちぎろうとしている』と気づいた時には、もう両翼が鳳泉によってちぎられた後だった。

「があぁっ！　ああああ……！」

言葉にならない痛みが体を走り抜ける。

とっさに力を使おうとしたが、なぜかうまく使えない。

「鳳凰の翼を失ったお前に、今まで通りの力があるわけがないだろうが！」

鳳泉はそう言うと、地面に這いつくばる悠炎の顔面を蹴り飛ばした。

その勢いで、崖から身が投げ出され、足が宙を切る。

このままでは落ちる、というところで悠炎はかろうじて両手で大地を掴んだ。崖に手をかけ、ぶら下がった形だ。

翼があれば、空を飛べたが今はできない。掴んだところから這い上がろうとしたが、その手にも痛みが走った。

痛みで眉根を寄せながら見上げると、歪な顔で笑う鳳泉が、悠炎の手を踏んでいた。

「馬鹿な弟だ。今まで通り大人しく、我の後をついてくればよかったものを。我を差し置いて神になろうなどとするからだ」

そう言いながら、ぐりぐりと足を左右に捻《ひね》って悠炎の手を踏みつける。

「あ、兄上……なん……」

なんで、こんなことをするのか。その問いかけは最後まで届かずに、悠炎は崖の下へと落ちていった。

最後に見たのは、歯をむき出しにして笑っている鳳泉の姿だった。

(鳳泉兄上……)

悠炎には翼がない。もう助からないだろう。

絶望と悔しさと、そして慕っていた兄に裏切られたという悲しみを抱えながら、夜の闇の底へと消えていった。

そう、消えていくはずだった。このまま落ちて跡形もなく砕け散るはずだった。

しかしすでに神に選ばれていた悠炎の力は、通常の鳳凰の比ではなく、身の内に秘めていた神力を解放することでかろうじて即死を免れた。

だがその代償か、それとも兄に裏切られたという精神的な負担故か、悠炎は記憶を失い、神の力さえもその記憶とともに忘却の彼方へと消えた。

神力で体を癒すことさえできず、ただそこで野たれ死ぬだけだった。

だが、そこに、なんの偶然か、人としては稀有《けう》なほどの力を持つ瑛琳がやってくるのである。

（そう、そうだった。俺は……）

頭の痛みがなくなった頃には、悠炎はすっかり以前の記憶を取り戻していた。

なぜ今まで忘れていたのだろうか。とても大切なことだったのに。

ゆっくりと悠炎は起き上がる。

（この場所に、この小さな羽が落ちていたということはつまり、瑛琳は無事に出産を遂げた。だが、赤子の背にある翼を見て……おそらくあそこに向かった）

瑛琳がどんな思いでここを出ていったのか、手に取るようにわかった。

「できれば一言、俺に相談してほしかったがな……」

自嘲の笑みが浮かぶ。

だが、瑛琳が言い出せなかったのも仕方がないことだった。

悠炎は今まで頑なに鳳凰神の存在を受け入れられずにいた。

この国に、神は必要ない。今の形が自然なのだと、そう思い、あまつさえその考えを瑛琳に押しつけようとさえした。

瑛琳がどんな気持ちでいるのかも、わかろうとしないで。

今まさに、そのつけが回ってきたのだ。

「だ、大丈夫ですか？」

心配そうに楊葉に声をかけられ、悠炎は彼をまじまじと見つめた。

子を失っても、それでも強く、健気に生きる無辜の民。

かつてこの地に豊穣を授けると契約をした祖先の鳳凰は、彼のような者を救いたかったのかもしれない。そして彼のように悲しい思いをする者がひとりでも減ってほしいと願ったのかもしれない。

だから、この死の土地に豊饒という祝福を与えた。

「……楊葉、今までありがとう。俺は瑛琳を迎えに行く。多分、もうここに戻ってくることはない」

「悠炎将軍……？　なにを言って……江先生の居場所がわかるんですか？」

「ああ、わかる。……それと、楊葉、すまない」

「？　なんで謝るんです？」

「不甲斐なくて、すまない」

不思議そうな顔をする楊葉に、悠炎は曖昧な笑みを返した。

もし悠炎が記憶を失わずにいたら、炎華国が豊かなままだったら、楊葉の子は死なずに済んだのかもしれない。

そうと決まったわけではないが、そう思わずにもいられなかった。

「なに言ってんですか。将軍は立派な男ですぜ。不甲斐ないことなんてあるもんか。……で、江先生を迎えに行くんだろ？　頑張ってくだせえ。応援してますぜ」

楊葉はそう言って拳を突き出した。

悠炎も頷いてその拳に自分の拳を当てる。

悠炎は改めて思うのだった。

楊葉のような者たちを守るために、神がいるのだということを。

まだこの国には、神が必要だ。少なくとも今は、まだ。

◆

浮島に着くと、瑛琳は珠蓮公主をそのまま箱舟で帰らせた。鳳凰神の現状については説明をしてあるので、もう生贄に捧げられることもないだろう。

そうして瑛琳は、かつては恐る恐る踏み入れた地、鳳凰天地をひとりで進んでいく。

初めてこの地を訪れた時には、赤い花嫁衣装を着ていた。

ここから逃げ去る時は、悠炎とともにいた。

そして今は、可愛い赤子たちとともにまた戻ってきた。

赤子たちには舟にいる間に、たっぷりと乳を与えた。今は満足して、瑛琳が背負う籠の中で身を寄せ合い眠っている。

しばらく瑛琳が歩いていると、鳳凰が一羽、こちらに向かって飛んできた。

それは着地するとほぼ同時に人形の姿へと変わる。

「凰蘭様……」

かつてこの地より瑛琳と悠炎を逃してくれた凰蘭だった。

凰蘭は突然の来訪者が、瑛琳だと気づくと訝しげに眉根を寄せた。

「……なぜ戻ってきた」

その表情は硬いものだったが、戻ってきた瑛琳を心配しているのが伝わってくる。

なんと説明するべきか。勢いでここまで来てしまったが、実際に来てどうするかまでは深く考えていなかった。

瑛琳が言葉を探していると、後ろから「ふぎゃあ、ふぎゃあ」と赤子の可愛らしい声が響く。

先ほど寝かしつけたばかりなのに、と思っていると、凰蘭の表情が変わった。

「赤子の声……？」

そう言って、凰蘭は瑛琳の方へ、というよりも瑛琳が背負う籠へと駆け寄る。

説明はいらないようだと、瑛琳は籠を降ろしてそこに眠る小さな命を凰蘭に示す。

「詩月の九つの日にて、生まれました。……この通り、鳳凰神様の子にございます」

凰蘭は、瑛琳の言葉を聞いているのかいないのか、赤子を見るなり固まった。

そしてしばらく見つめた後に、その場に膝をつけて崩れ落ち、縋りつくように籠を優しく抱きしめた。

「ああ、なんということ！　鳳凰の子供たち！　愛しい小さき同胞たちよ！」

顔をくしゃくしゃにして涙を流しながら、凰蘭はそう言った。

その声量は抑えたつもりだったのかもしれないが、赤子たちは目覚めてしまったようで、大きく「あーあー！」と全員の泣き声が響き渡った。

その声に、泣き崩れていた凰蘭が慌てて顔を上げる。

「ああ、すみません、私のせいで、起こしてしまいました……！　ど、どう、どうしましょうか!?」

常に泰然としている印象の凰蘭から狼狽《うろた》えるような表情が見えて、思わず瑛琳は吹き出してしまった。

「大丈夫ですよ。凰蘭様。赤子は泣くのが仕事とも言いますし、元気な証拠です。ですが、私のせいで長旅を強いたのも事実。ちゃんとした布団に寝かせてあげたい」

瑛琳の言葉に、ハッと凰蘭は顔を上げた。

「ええ、もちろんですとも。ですが、赤子だけでなく、あなたの顔色もひどいものです。瑛琳様も休まれた方がいい」

「いえ、私は大丈夫、それよりことの経緯を、話して……」

と言いながら、瑛琳の体はふらついた。

ここまで辿り着けたことで緊張の糸が切れたのだろうか。

すっと気が遠くなり、瑛琳はそのまま意識を失った。


赤子の声が聞こえた。

ふにゃふにゃと甘えるような、機嫌がいい時の泣き声。

(私の可愛い赤ちゃんたち……ああ、早く起きてあげなくては……)

そうは思うのに、瞼《まぶた》が重い。まだ少し、眠っていたい。

そもそも今、どこに……そう思ったところで瑛琳は意識を覚醒《かくせい》させた。

ハッとして目を覚ますと、高くて広い天井が見える。

「ここは……」

顔を横に向けると、底の浅い籠が置いてあった。少し上体を起こして覗き込むと、三つ子たちが清潔な白布に包まれて綺麗に並んでいる姿が見える。

まだ小さく表情が乏《とぼ》しい赤子たちだが、やわやわと手を動かして機嫌がよさそうだった。

「あ、そうだ……私、倒れて……この子たちに乳をあげないと……」

どのくらい倒れていたのかわからない。だが、その間、この子たちは乳を飲めていないはずだ。

慌てて体を起こそうとした時。

「大丈夫ですよ。ここは鳳凰天地、神域です。神の子に必要な神力は十分に満ちております。乳は必ずしも必要ではないのです」

穏やかな声が降ってきた。

その声の先を視線で辿ると、凰蘭がいた。

「ほら、この子たちも神力の気に触れて楽しそうです」

凰蘭は蕩《とろ》けてしまいそうなほどの優しげな笑みで、赤子たちを見下ろす。

幸せそうな、と言った方がいいかもしれない。

そこまで知っている仲ではないが、そんな表情は見たことがなかったので、瑛琳は少し面食らってしまった。

「凰蘭様……」

「瑛琳様、私に敬称は必要ありません。私は瑛琳様と瑛琳様が産んでくださった神の子たちに仕える身なのですから」

「神の子……やはり、この子たちは、神の……鳳凰神様のお子なのね？」

「ええ、間違いなく。背中の翼がなによりの証拠にてございます。神の子は三つ子として生まれ、成長するに従ってそのうちの一子が神の力を顕現《けんげん》させるのです」

「そのうちの一子が……。では、赤子のうちはこの中の誰が神だとはわからないということ？」

「その通りです。兄弟姉妹として過ごし、そのうちに自分の力と務めを理解していくのです。……弟が死にましたのは、その神としての力が目覚めて間もなくでした。本来、神の御子が没した時は、残りの二羽の鳳凰にその力が流れるはずなのですが、私と兄上は十分な神力を得られませんでした。ですから……もうだめだと、そう思っていましたが……」

　そこまで言うと、凰蘭は瑛琳の手を取って両手で包むと、頭を下げてその手に自分の額を置く。

「私の誤った判断で、もう神の子が生まれるはずもないと断じ、ご苦労をおかけしましたこと、平にお詫び申し上げます。ああ、瑛琳様……本当に、申し訳ありません」

　そう謝罪すると、凰蘭は顔を上げて涙に濡れた瞳で瑛琳を見つめる。

「そして、我らが子たちを産んでくださったこと、誠に感謝申し上げます。この地には、先代の鳳凰神の眷属、つまりは父上の弟妹であり、鳳泉様や私にとっての叔父と叔母も一緒に暮らしております。今は出ておりますが、皆、瑛琳様には深く感謝申し上げております」

最初に出会った時はどこか影のあった凰蘭が、今は晴れやかな顔をしている。

それだけで、瑛琳はここまでの苦労が報われていく気持ちだった。

赤子が生まれてからというもの、怒涛の日々だった。

仙術があったからこそ、ここまでできたと思うが普通は無理だったろう。仙術を使える瑛琳ですら、正直無謀な計画だったと今になって思う。

でも、一点気になることがある。

「凰蘭、ひとつ伺いたいのですが、神の子がいれば、今まで通りの豊穣が炎華国に戻ってくるのでしょうか」

「ええ、まだ、神の子が赤子の身でありますので、完全とは言い切れませんが、確実によくなります。炎華国の地に宿る呪いを退けられましょう」

「よかった……」

瑛琳はここにきてやっと胸を撫で下ろした。

これで、作物が実らず生活に窮する民も減るだろう。弱く尊い子供たちが死ぬよう
なことも少なくなる。

それになにより……。

瑛琳は隣で楽しそうに腕や足を動かす赤子を見て、ふにゃふにゃの頬に指を添えた。この地に来たことで、赤子たちは明らかに機嫌がいい。きっとこの地にいれば、健やかに育ってくれるだろう。

これで、すべてがよい方向へ向かう。そのために瑛琳はひとり、産後の脆《もろ》い体を酷使してここまで来たのだ。

ただ、ひとつだけ気がかりがあるとすれば……。

(悠炎……。ごめんなさい)

悠炎に一言も相談せずに旅立ってしまったこと。

置き手紙を残してきたので、瑛琳が自らの意思で旅に出たことには察してくれただろう。だが、その手紙を読んだ彼がどのように思ったのか、想像するだけで胸が苦しくなる。

あの時はそれが最良だと判断してしまったが、本当にそれでよかったのだろうか。問うても仕方のない疑問と後悔が巡る。

「奥様はとりあえず、まだお休みなってくださいませ。こちらもできうる限りの癒術を施し、持ちうる限りの秘薬を処方しましたが、それでも万全とは言えません。ご無理をなされて体が悲鳴をあげておられます」

凰蘭から語気を強めて言われ、改めて瑛琳は自身の体のことに思いを巡らせた。

これまであまり気にしないように、術をかけてごまかしてきたがさすがにもう限界だったようだ。上体を起こすことはできたが、まだ今は立ち上がれそうもない。

「そうですね。休ませて、もらいます。あ……そういえば、鳳凰神様――鳳泉様はどちらに。ご挨拶申し上げた方がよいのではないでしょうか」

瑛琳がそう言うと、なぜか凰蘭の顔が陰った。

「そうですね……。ただ、鳳泉様は、最近落ち着かない様子で……。いえ、神の子がお生まれになったことについては喜んでいらっしゃるはずなのですが」

「そういえば、確か私のことは死んだことにしていただいたのですよね。それが嘘だったとわかり、お怒りなのでしょうか?」

「いえ、そういう雰囲気でもなく……」

歯切れの悪い返答に瑛琳が訝しんでいると、唐突に扉が開いた。

乱暴に開かれた扉を見ると、そこにはくすんだ赤髪の美丈夫、鳳泉がいた。

扉が開く音に驚いた赤子らが一斉に泣き声をあげる。

「鳳泉様……！　赤子がいるのです！　そのように乱暴な音を立てては……！」

凰蘭が慌てて咎めるが、彼女の姿は目に入っていないようで、鳳泉はまっすぐ瑛琳を見つめながらこちらにやってきた。

「我が花嫁よ。目が覚めたか！」

赤子の泣き声にもものともせず、瑛琳にそう声をかける。その顔は確かに笑顔なのだが、なぜか瑛琳は恐ろしく感じた。

「鳳泉、様……」

「よい、よい。そう畏《かしこ》まるな。そなたは我の子を産んだ、尊い身。でかしたぞ」

そう声をかける様子は明るい調子ではあるのだが、やはりどこか凄みがある。

（なんだか、怖い……）

泣き叫ぶ赤子をあやすためと装って、赤子たちが眠る籠を抱き上げて少し鳳泉と距離を置く。

瑛琳に抱かれて安心したのか、赤子たちの泣き声はやんだ。

「……ふん、さすが我の子。元気がある」

瑛琳の胸に抱かれた赤子を見ながら鳳泉はそう言うと、そばにいた凰蘭へと視線を向けた。

「お前は下がっていろ。花嫁とふたりで話したい」

「ですが……」

難色を示す凰蘭を、鳳泉は目を細めて睨み据える。

「我の言うことが聞けないのか？」

脅すような声色だった。

凰蘭は眉根を寄せ、不承不承といった様子で頷いた。

「かしこまりました。……ああ、奥様、襟元が乱れております」

凰蘭はそう言うと、瑛琳の襟元を直しながら、耳元に顔を寄せる。

「ご安心ください。近くで待機いたします。それに、待ち望んでいた赤子が産まれたのです。兄上も無体なことはしないかと」

凰蘭の言葉に、瑛琳は僅かに頷く。

不安そうな表情を浮かべた瑛琳を気遣って言葉をかけてくれたようだ。

「おい、もういいだろ。さっさと行け」

腕を組んだ鳳泉が凰蘭を睨めつけると、彼女は頭を下げてから退出した。

残されたのは、瑛琳と赤子たち、そして鳳泉。

鳳泉は、近くの椅子を乱暴に寝台の横につけるとどかりと音を立てて座った。

無意識のうちに赤子たちを抱く力が強くなる。

赤子らも、瑛琳の緊張が伝わっているのか、どこか不安げな様子だ。

「まずは大義だったな。神の子を産むという務めを果たしたことは賞賛に値する」

髪の毛をかき上げ、自分に酔ったようにそう話す姿に、瑛琳は言いようのない不快感を覚えた。

あまりにも上から目線の物言いではないだろうか。

神の子を産んだのは、鳳凰神のためではない。そう叫んでしまいたかった。

「だが、そなたは我の花嫁でありながら、死んだと嘘をついてまで一時期他の男とともに我から逃げた身だ」

鳳泉の話に思わず、瑛琳は目を細める。

契約上の生贄とはいえ、確かに瑛琳は鳳泉の花嫁だった。それなのに、事情はどうあれ別の男と出ていったという行い自体は確かに、瑛琳に非がある部分でもある。

瑛琳はその件については詫びねばと頭を下げた。

「それについては、大変、申し訳ありませんでした」

「いや、いい、別に怒っているわけではない。我は、神だ。下等な人間とは違い、そのような些事《さじ》にはこだわらぬ。……だが確認したいことがある」

怒っていないと言われたことを意外に感じて瑛琳が顔を上げる。そして、改めて目が合った鳳泉の顔を見て、瑛琳は息を呑んだ。

顔は笑っているのに、目の奥が激しい怒りに満ちている。あまりにも歪な表情に、瑛琳は恐怖を覚えて固まった。

「その男は、今どこにいる？」

その男、というのは、悠炎のことだろう。

なんと答えればいいかわからず、そもそも恐怖で固まっている瑛琳が答えられないでいると、とうとう鳳泉は申し訳程度に貼りつけていた笑顔さえも消した。

目を尖らせ、まっすぐと憎しみでも込めるかのように視線で射竦める。

「早く言え。お前を連れ出した男は今どこにいる？」

神が放つ圧のようなものに押し潰されそうだった。だが、その時、すぐそばで、もぞもぞと動く小さな存在を感じた。

赤子たちだ。恐怖で震えそうな瑛琳を不安そうに見上げている。

（だめ。臆してはいけない。たとえ相手が神であろうと、私はこの子たちの母親なのだから）

赤子らに励まされ、瑛琳が感じた恐怖は薄くなる。

「なぜそのようなことを聞かれるのでしょうか。先ほどはそのような些事は気にしないと仰せでしたではありませんか。それともそれは嘘だったのですか？　彼を捕らえて罰したいとでも？」

瑛琳は、まっすぐ鳳泉を見つめ返した。鳳泉が不快そうに眉間を寄せる。

おそらく思ってもみない反撃だったのだろう。神である自分に逆らう者などいないとでも思っていたに違いない。

「罰する？　そう、罰する必要がある。奴には死んでもらわねば……」

「死？　なぜ、そこまで……」

あまりなことに思わず瑛琳は驚愕の色を浮かべた。だが、怯《ひる》んではいられない。

「でしたらなおのこと、彼の居場所をお伝えすることはできません」

悠炎にひどいことをしたという自覚はある。もうこれ以上迷惑はかけられない。

それになにより、瑛琳は彼を愛している。悠炎を死なせたくない。

しかしその瑛琳の言葉は鳳泉の心を逆撫でしたようだ。

突然、鳳泉は瑛琳の首を片手で掴んだ。

「ぐ……」

瑛琳は首を絞められ、呼吸がままならない。苦しげにくぐもった声を漏らしながらも、負けたくないという思いでどうにか鳳泉を睨み据える。

鳳泉の目は充血し、目の下には隈ができている。

その顔で、常軌を逸したような、不気味な笑みを浮かべた。

「さあ、言え！　奴の居所を教えろ！　さもなくば、くびり殺す！」

鳳泉の怒りと憎しみを孕んだ声が瑛琳に降り注ぐ。

苦しい。しかし、それを払い除ける力は、今の瑛琳にはない。

「兄上！　なにをなさっておいでなのですか！」

扉が乱暴に開かれると、先ほど出ていった凰蘭が戻ってきてくれた。

「おやめください、兄上！　この方は兄上の子を産んでくださったお方ですよ!?」

鳳蘭に諫められたからか、鳳泉が瑛琳を離した。

「げほ、げほ……」

一気に入ってきた空気で、瑛琳は首に手を添えながら咽《む》せた。

解放されて呼吸が楽にはなったが、首には鳳泉に絞められた痛みが強く残っている。

「鳳蘭！　お前は何度言ったらわかる！　兄上と呼ぶな！　私が神だ！　鳳凰の神！」

そう鳳蘭を怒鳴りつける鳳泉の顔には、なぜか焦りが見えた。いや、なにかを怖がっているようにも見える。

そのことに気づいた鳳蘭は訝しげに眉根を寄せて口を開いた。

「なぜ、そのように荒ぶっておいでなのです。まるで怯えている子供のようではございませんか」

その言葉は鳳泉の逆鱗《げきりん》に触れたらしい。顔を真っ赤にし、血管が浮き出る。

そして鳳泉が腕を振り上げたと思ったら、大きな打撃音が響き渡る。

鳳蘭が横に吹っ飛び、壁に叩きつけられていた。

「鳳蘭様……!?」

倒れた鳳蘭の頭からは血が流れ、ぶつかった壁にはひびが入っていた。

苦しげな声が漏れたので、どうやら生きてはいるが意識を失ってしまったようで目覚めない。

「な、なぜ、このようなことを……！」

瑛琳が悲鳴にも似た声をあげると、怒りに満ちた鳳泉の視線は瑛琳に注がれた。

「いいから、男の居場所を吐け！　吐くんだ！　さもなくば……」

そう言って、伸ばされた腕の先は赤子だった。

疲れや体の痛みも忘れて、瑛琳はかばうために素早く赤子に覆い被さった。

「邪魔だ、どけ！　赤子をひとりひとりくびり殺してやる！」

うずくまる瑛琳の頭上から、鳳泉の怒りの声が降りてくる。

「なぜそのようなことができるのですか!?　この子たちはあなた様の子ですよ！」

「俺の子だと……!?　よくもそのようなことが言えたものだな！　このガキどもは……！」

「ひっ……！」

髪の毛を掴まれ、無理やり顔を上げさせられた。髪が引っ張られた痛みで、瑛琳は顔を歪ませる。

目をうっすら開くと、怒りで顔を赤らめた鳳泉がいた。

「俺から神の力を奪った憎き弟の子ではないか！」

その言葉に、瑛琳は痛みも恐怖も忘れて目を見開いた。

（憎き、弟の子……？）

その言葉にすべてが腑に落ちていく感覚がした。

凰蘭は、弟が神になるはずだったと言っていた。しかし、その弟は死に、次に力の強かった兄の鳳泉が継いだのだと。だが、兄の力は神となるには到底及ばない。だから、炎華国との古くからの契約も維持できず、神の子を成す力もない。

それなのに瑛琳は身籠った。

それはつまり、神になるはずだった彼らの弟が、生きていたということ……。

幼い時、都で倒れていた悠炎の姿が思い出された。

ひどい怪我をしていた。瑛琳が駆けつけなければ、あのまま死んでいただろう。

悠炎はなぜあのような怪我をしたのか、覚えていない。記憶を失っていたからだ。

そう、記憶を……。

（まさか、悠炎が、本当の鳳凰神……？）

神の力を継いだ鳳凰は、瀕死の重傷を負いながらも都に落ちて生き延びたのだ。しかし記憶を失い、そのまま人として暮らして、瑛琳を愛した。

「では、この子たちは、私と悠炎の子……？」

酒に酔い潰れた時に鳳泉と成した子ではなく、間違いなく悠炎と愛し合った上で生まれた子たち。

衝撃の事実を知り驚くまもなく、さらに髪を引っ張られて鋭い痛みが頭部に走る。

「いいから言え！　弟の居場所を吐くのだ！」

鳳泉が必死になって、悠炎の居場所を聞くのにも納得した。

だからこそ吐くわけにはいかない。

しかし、子供たちになにかあってはならない。理性を失っているようにすら見える鳳泉を相手に、どうやって子供たちを守ればいいのか。

瑛琳は、手を口元に持っていくと、人差し指を噛み切った。

(この血を使って術を放ち、どうにか鳳泉から逃げおおせれば……)

鳳泉に敵うとは思っていない。神ではないにしろ、鳳凰という特別な存在であることに変わりはないのだ。

だが隙をつき、子供たちを抱えて逃げることはできるかもしれない。

そう思って、術をかけようとした時、その手を取られた。両手を掴まれて持ち上げられる。

「馬鹿め。抵抗しても無駄だ」

憎しみに満ちた鳳泉の顔がすぐ近くにあった。

腕を封じられれば、術を使うための文字を描くことができない。

(どうすれば……どうすればいいの……!?)

必死で考えるも、答えは出ない。痛みに耐えながらも、せめてもの反撃とばかりに鳳泉を睨み据える。

悠炎の居場所を吐くものか、子供を傷つけさせてなるものか。

そうは思うが、今の自分になにができるのか。

なにもできない自分が悔しくて、目に涙が溜まっていく……。

気持ちばかりが焦る中で、なぜか幼い頃の記憶が蘇《よみがえ》る。

無力で、弱くて、でも愛してほしくて、両親や兄たちになにも言えなかった幼い自分。

虐げられ、時には打たれ、食事を与えられないこともたびたびあった。

何度も何度も、心の中で、『誰か助けて』と祈っていた。

でも、誰も、幼い瑛琳を助けてはくれなかった。

【乞助の傾聴】という特別な力を持っていることを自覚した時、なぜこんな力が自分のような者に与えられたのだろうと思った。

自分はどんなに祈っても、誰も助けてくれないのに、誰かの助けを呼ぶ声が聞こえてくる。自分の声は誰も聞いてくれないのに。

あまりにも理不尽な巡り合わせに、苛立ちに似た気持ちすら抱いた。

この力があったから悠炎を救うことができたのだとわかってはいるが、それでも虚しい。
　だから、瑛琳は誰かに助けを乞うのが苦手だ。誰もその声を聞いてくれないのだから。
　きっと今も。誰も助けてくれない。
（いや、違う、そんなことはない……私は何度も、助けられた。助けてもらった）
　自分の無力さに、弱さに悔し涙を流していた瑛琳は、目を見開いた。
「助けて……！　悠炎！　私を、この子たちを助けて！」
　祈るように瑛琳は叫んだ。
　その時だった。
　なにか大きな物がぶつかる音が響き、壁が崩れた。
　その衝撃のためか、鳳泉が掴んでいた瑛琳の手首を離す。
　瑛琳は混乱しながらも、とっさに赤子がいる籠を抱きかかえて後ろに下がった。
　外からの風が強く吹いて、思わず瑛琳は目を瞑《つぶ》る。
「なんだ!?　なにが起きた!?」
　慌てふためく鳳泉の声。
　瑛琳は赤子をしっかりと抱きかかえながら顔を上げ、恐る恐る目を開けた。
　まず目に飛び込んできたのは、輝くような鮮烈なる朱の色。

燃えるようにゆらめいて見えたその朱色が大きな翼だと気づいた頃には、壁を壊してここにやってきた者が誰なのか、わかった。

いつも、いつも、瑛琳がつらくてどうしようもない時に助けてくれる彼の姿がそこにあった。

「悠、炎……？」

背中には朱色の炎のような翼を生やしてはいたが、その逞しい体つきや、野性みのある整った顔立ちは、まさしく悠炎。

悠炎は名を呼ばれると、瑛琳の方へと顔を向けた。

「瑛琳、無事か？」

神々しく輝く翼を身に纏う悠炎から、いつもの優しげな笑みがこぼれて瑛琳は安堵のあまり涙した。

「悠炎！　私は大丈夫！　子供たちを……」

と答える途中で、視界が何者かの背中で遮られた。鳳泉が、悠炎と瑛琳を会わせまいとするかのように立ち塞がる。

「悠炎……よもや生きていたとはな……」

「兄上……」

苦々しい声が、鳳泉から漏れ出た。瑛琳に向けていたものとは比べ物にならないほどの憎しみを込めた目で、悠炎を見据える。

その様を悠炎は少し悲しそうに見ていた。

（あのふたりは兄弟。では、やはり悠炎が、本当の鳳凰神……）

向き合うふたりの様子から、先ほどの直感が正しかったことを瑛琳は理解した。

（けれど、なぜあんなにいがみ合っているの？　それに、悠炎は、どこかつらそうに見える）

悠炎と鳳泉の間に流れる殺伐《さつばつ》とした空気から、ふたりの仲がよいとは言えないことは明らかだった。

「おかしいと思ったのだ。お前が死ねば、神力が我に注がれるはずが一向に力が増さないのだからな。……まったく、しぶとい奴め。翼をもいで力を封じ、地上に落としてやったというのに！」

そう吠えつくように言うと、片手に剣を持って悠炎に斬りかかっていた。

悠炎は、それをやはり悲しそうに見つめながら片手をあげる。

鳳泉が振り下ろした刃は、悠炎には届かなかった。悠炎の前に張り巡らされた見えない壁のようなものに遮られている。

「くそ……！　くそぉ……！」

鳳泉はそう悪態をつきながら、顔を真っ赤にして剣を振るおうとするが、ピクリとも動かない。

「鳳泉兄上、もうやめよう」

悠炎がそう言って手を払う動作をすると、斬りかかった鳳泉はなにかに打たれたかのように横に倒れた。

じゅわりという音がすると思えば、鳳泉が持っていた剣が溶けて形をなくしていた。はたから見ていた瑛琳にもはっきりとわかる力の差があった。

「なぜだ……！　これほどまでに違うというのか……！　我と、お前で、これほどまで！」

床に倒れ込んだ鳳泉が溶けた剣を絶望の眼差しで見下ろしながら、そう叫ぶ。

そして頭を抱えた。

「こんなの、間違っている！　我の方が、我の方が神に相応しかったはずだ！　悠炎など、丘に咲くちっぽけな花が折れただけで、涙を流す軟弱者だったではないか！こんなの間違いだ！　間違いなんだ！」

髪を振り乱し、壊れたおもちゃのように間違いであると叫ぶ鳳泉には、もう威厳もなにもなかった。

その様を、やはり憐れむように悠炎は見下ろす。

「俺は……兄上に憧れていた。俺たちの中で最も大きく立派な翼を持っていた。嵐の中でも飛び立つことができる強さがあった。誰よりも高く疾《と》く……俺はいつも兄上の背中を追いかけていた」

「そう、そうだ！　お前はいつも俺の後ろに隠れていた！　弱かったからだ！　なのに、なぜお前が神になるんだ!?」

「確かに、俺も兄上が神に選ばれると、ずっと、思っていた。兄上の方が相応しいと……」

悠炎は悩ましそうに、打ち沈んだ表情でそう答える。

自分が神に選ばれなければ、こんな事態にはならなかったのではないか。

まるで自身が災いの源のような気がして苦悩を浮かべる悠炎の耳に、凛とした女性の声が届いた。

「それは違いますよ、悠炎、いえ、我らの神よ」

その声を辿ると、頭から血を流しながらもふらふらと立ち上がろうとする凰蘭がいた。鳳泉に壁に叩きつけられて倒れていた凰蘭が、目を覚ましたようだ。

「凰蘭様……」

瑛琳は驚きと安堵で彼女の名を呼ぶ。

凰蘭は、ふらつきながらもゆっくりと悠炎のもとに歩いていった。

「悠炎様は誰よりも慈悲深かった。虫や草花、すべてにその優しさを与えてくれた。

折れかけている木の枝があれば惜しみなく力を使って癒し、寿命を遂げた生き物を見れば魂《たましい》が健やかであるように祈りを捧げた。空を飛ぶ時でさえ、他の鳥たちにぶつかって怪我をさせないよう、周りを見ながらゆっくりと空を舞っていた。己の強すぎる力で周りを傷つけてしまうことを恐れ、いつも力を抑えていただけ。あなた様のその優しさや思いやりは、決して弱さなどではないのです」

「凰蘭姉上……」

戸惑い見る悠炎の視線に頷きで返すと、凰蘭はさらに口を開いた。

「父上である先代の鳳凰神も、父上に仕えた叔父上と叔母上もそのことをわかっていらした。だから、弟が神の力を得た時、誰もが納得したのです。私は、鳳泉兄上もそうだと思っておりました。それなのに……まさか弟を手にかけていたとは」

悲しみかそれとも軽蔑か、複雑な表情で凰蘭は床に膝をつく鳳泉を見下ろした。

その眼差しに怯えたように顔をしかめて鳳泉は瞳を揺らす。

「ち、違う！　そんな目で見るな！　我こそが神だ！　だって、そうだろう？　こんなのはおかしい！　いつもメソメソ泣いている弱虫の悠炎を励まし、守ってやったのは我だったではないか！　悠炎は我に守られていた弱い弟だったではないか！」

「……そう、兄上は強かった。泣いてばかりいる俺とは違った。それに憧れ……慕っていた。だからあの日、兄上から話があると呼び出された時、嬉しかった。俺が神に選ばれてから、兄上はあまり口をきいてくれなくなったから、久しぶりに一緒にいられると思って……嬉しかったんだ」

悲しげに笑いながら静かな声でそう話すと、鳳泉は眉間に皺を寄せて口を閉ざした。

「だが、兄上の目的は俺を殺すことだった。俺の翼をもぎ取り、地上に落とした。……瑛琳のおかげで命は助かったが、兄上に殺されそうになったということを受け入れられず、俺は記憶を封じ込めてしまった」

悲しげに兄の思い出を語る悠炎は痛々しくて、瑛琳はきゅと心臓を掴まれた心地がした。

（悠炎の奥底には、計り知れないなにかが眠っているような気がしていたけれど、鳳凰神の力だったのね……）

それが、記憶を取り戻したと同時に解放されたのだ。

その時、彼がなにを思ったのか。どれほどの悲しみを抱いたか。

せめてそばにいてあげられたらどんなによかっただろうか。

悠炎の悲しみを想像するだけで、胸が苦しい。

「兄上、やり直そう。今までの鳳凰たちのように私に仕え、支えてほしい」

悠炎の言葉には懇願するような響きがあった。

たとえ殺されそうになろうとも、それでも兄を愛しているのだと、そう叫んでいるようだった。

鳳泉はその言葉に目を丸くした。しかし、すぐに馬鹿にしたような笑みを作ると鼻で笑う。

「随分余裕だな。仕えろだと？　遥かなる高みから憐れんでくれるということか？　ハハ……馬鹿め。だからお前は神にふさわしくないというのだ」

鳳泉が吐き捨てるようにそう言うと、振り返って瑛琳を見た。

赤子を抱いて、後ろに下がっていた瑛琳は突然の視線にびくりと体を震わせる。

その様を見て鳳泉がニヤリと笑った。

「悠炎、お前は我の大事なものを奪ったのだから、我もお前の大事なものを奪ってやろう」

鳳泉はそう言うと、瑛琳に向かって獣のような動きで駆け出した。

赤子を抱えた瑛琳は、とっさに背を向ける。

衝撃に備えたが、瑛琳に触れるものはなかった。

背中から、「ぐは」となにかを吐き出すうめき声と、どさりと重たいものが倒れるような音がする。

ゆっくりと瑛琳が振り返ると、背中から剣を刺され、口から血を流し、床に倒れ伏す鳳泉がいた。

刺した剣の柄を掴んでいたのは、険しい顔をした悠炎だった。

「誰であろうと、俺の妻を傷つけることは許さない」

そう告げる悠炎を、顔を横に向けた鳳泉が視線だけ動かして見る。

「はは……それで、いい。それで……」

鳳泉は掠れた声でそう言うとニヤリと笑い、目を閉じた。

鳳泉がその命を終えた瞬間だった。

「兄上……」

悔しそうにそう呟くと、剣を刺したところから鳳泉の体が燃え始めた。

鳳凰神の力なのだろうか。神々しいまでに輝くその炎は、緩やかに鳳泉を包み込み、灰に変えた。

そこまで見守っていた悠炎は、剣を床に差し込み、崩れるように膝をつけた。そして両手で床に広がった灰に触れる。

「鳳泉兄上……」

灰の上にポタポタと悠炎の涙が落ちて、灰を僅かに湿らせた。

「悠炎……」

なんと声をかければいいかわからないが、しかし声をかけずにはいられなくて、瑛琳は愛しい人の名を呼んだ。

その声に反応して、悠炎がゆっくりと顔を上げる。

「瑛琳……」

瑛琳の名を呼ぶ悠炎の表情が痛々しくて、瑛琳は彼のもとに駆け寄り座り込んだ。

籠の中の赤子たちは先ほどまで泣いていたというのに、悠炎のそばに寄るとぴたりと泣くのをやめていた。

彼が父親だとわかっているのか、不思議そうな顔で悠炎を見る。

「悠炎、大丈夫？」

「ああ、俺は、問題ない。むしろ瑛琳こそ、怪我はないか？　子供たちは……」

「私は、大丈夫。子供たちもよ」

瑛琳の隣に置かれた籠を示すと、悠炎はその中で横になっている三人の赤子たちを食い入るように見た。

「この子たちが、俺たちの子か？」

先ほどから赤子たちは、瞳をパチパチさせながらずっと悠炎を不思議そうに見ている。

「そうよ。きっとあなたが父親だとわかっているのね。あなたが来てから、ぴたりと泣くのをやめたのよ」

「……触れてもいいか？」

「もちろん」

赤子のひとりの頬に悠炎は優しく触れる。

「温かい……」

頬を緩めて赤子を食い入るように見つめる顔は、優しい父親の顔。

それを見て瑛琳はくすりと笑みを浮かべると口を開いた。

「悠炎、あなたが鳳凰神だったのね」

「……ああ。そうだったみたいだ」

「ごめんなさい。気づかなくて……。私、勘違いをして、この子たちを危険な目に遭わせてしまった」

「謝らないでくれ。それは、俺のせいだ。……瑛琳」

「ううん、謝らせて。あなたがつらく悲しい時、一緒にいてあげられなかった」

「いや、違う。……俺こそ、一番そばにいないといけない時に、いてやれなかった。産まれた赤子の背に翼があって、きっと驚いたはずだ……」

瑛琳の出産時、立ち会えていたらまた違う未来が待っていたかもしれない。

そんな後悔を滲ませて呟く悠炎に、瑛琳は首を振る。

「私が、いけないのよ。あなたに相談することを恐れて……私があなたをひとりにしてしまった。……記憶を取り戻したあなたのそばに一緒にいてあげたかった。あなたが悲しみで押し潰されそうになっていた時に、その背中を支えてあげたかった」

瑛琳の言葉に、目を見開いた悠炎は、次の瞬間には瑛琳に抱きついていた。

「瑛琳……」

噛みしめるように瑛琳の名を呼ぶと、しばらく瑛琳の肩に顔を伏せる。それを瑛琳が優しく撫でた。

「幻滅、しただろう？　俺が、これほど不甲斐ない男で……」

「幻滅なんてするわけないわ。悠炎は、強い人よ。そして優しいの。だからいつも、私を助けてくれる」

ふたりはしばらく抱き合った。少しばかり離れ離れになった日々を補うように。

彼らの様子を微笑ましく見守っていた凰蘭だったが、ふと床に広がる灰に目を向ける。

「……鳳泉兄上にも、愛し合い、支え合える者がいたならば、もっと違う道を選べたのでしょうか」

凰蘭の声が虚しく響く。

鳳泉は、支え合わねば立てないことを弱さと捉えていた。だからたったひとりで強くあることにこだわり、人一倍、強さに、神の力にこだわった。

「……俺は瑛琳と出会えた。兄と俺の違いは、それだけだったのかもしれない」

悠炎はそう呟くと、瑛琳の肩に預けていた顔を上げて、まっすぐ瑛琳を見つめた。

「瑛琳、改めて聞かせてほしい。俺と、一生をともにしてくれないか。頼りなくて嫌になったかもしれないが、俺はもう、瑛琳のいない日々は耐えられそうにない。愛しているんだ」

はっきりと告げられた愛の言葉に、瑛琳は目を瞬かせる。

熱を孕んだ赤の瞳が、まっすぐ瑛琳に注がれている。懇願するような、許しを乞うような真摯な眼差しだった。

切なげなその表情は、瑛琳の胸が痛むほどだ。

愛しいと思った。

悠炎はいつもまっすぐ瑛琳に愛を注いでくれる。

愛されたことがないと思い込み、愛し方を知らないと言っていた昔の瑛琳はもうどこにもいない。

瑛琳はもう、誰かを愛することを知っている。愛し方を知っている。悠炎が、教えてくれたのだ。

「馬鹿な人。そんな風に、希《こいねが》わなくても、私の気持ちも悠炎と一緒よ。私だって、あなたと一緒にいたい。愛しているの。この子たちだってそうよ」

三人の赤子をのせた小さな籠を持ち上げて瑛琳がそう言うと、悠炎は幸せを噛みしめるようにくしゃりと顔を歪めた。

そして今度は、瑛琳と抱えている赤子全員を包み込むように優しく抱き寄せた。

「ありがとう、瑛琳。ありがとう……」

込み上げてくるなにかをこらえるように囁かれた悠炎の声は、震えていた。

瑛琳も、彼の温もりに包まれて思わず微笑むと、細めた瞳からこらえきれなかった温かい涙がこぼれ落ちていった。

エピローグ

悠炎は久方ぶりに炎華国の皇帝の城、皇宮を訪れていた。

皇帝にこれまでの経緯を説明するためだ。

「感謝申し上げます。炎華国の民のすべてに代わって、感謝を」

神となって戻ってきた悠炎を見て、最初皇帝は腰を抜かしたが、今後再び炎華国に豊穣がもたらされると聞いて泣きながらそう言った。

そして、知らぬこととはいえ珠蓮公主や自身が悠炎に行った非礼を詫びるために、命を捧げようとしてきたので、それは止めた。

皇帝にはなんら罪はない。国の頂点に立つ者として行うべきことを行っただけだ。

それに珠蓮公主の件についても、悠炎には思うところがないわけではないが、瑛琳が許している。それを悠炎が罰するわけにはいかない。

そうして、皇帝に今後の豊穣を約束し、あとは帰るだけとなった。

だが悠炎はなんとなく、皇宮の片隅にある朱色の柱に寄りかかり、内庭の様子を眺める。

悠炎が皇帝に仕えていた頃、皇宮の内庭は緑に繁っていた。しかし今は枯れ木が目立つ。

神の不在が招いた結果だ。

枯れ果てた炎華国の様子を見るたびに胸が痛んだ。これればかりは兄のせいだけにはできない。誰がなんと言おうと、やはり自身の不甲斐なさが原因の一端だ。

（だが、これから変わっていく。神の力で地を治め、呪いを払う。いずれはかつてのような炎華国を取り戻す）

そう思う反面、悠炎の中にまだ燻《くすぶ》るものがある。

人ひとりを生贄に捧げて得る豊かさは、本当に豊かと言えるのか。今の世界の仕組みに両手をあげて賛成しているわけではない。

（できれば、俺の代で変えていきたい……）

本人の意思とは無関係に、生贄のように神に捧げられる人々のことを思った。

神に捧げられた者は食べられるという迷信が横行していたこともあって、今までの花嫁たちは相当恐ろしい思いをしただろう。

それは、これまでの鳳凰神が人族と関わろうとしなかった故の誤解ではあるが、たとえその誤解が解けたとしても、今の仕組みを維持するために、誰かが悲しい思いをするかもしれないという根本は変わらない。

物思いに耽っていると、どたばたと騒々しい人の足音が聞こえてきた。そして声も。

「本当に、悠炎が来てたのか!?」

「本当だ。俺はこの目で見たんだ。あの野郎、あれほどのことをしておきながらのうのうと戻ってきやがった！」

「ぶっ殺してやる！」

複数の男の声だ。どれも乱暴な言葉だった。

この声には覚えがあった。

不快そうに悠炎が声のした方を向くと、予想通りの人物が三人、こちらに走ってきているのが見える。

ついに彼らと目が合うと、先頭の一番年嵩《としかさ》の男が声を張り上げた。

「見つけたぞ、悠炎！　お前が勝手に出奔《しゅっぽん》したせいで、私の道場の面目は丸潰れだ！　どうしてくれる!!」

そう怒鳴ったのは、瑛琳の父親、江玉卓《ぎょくたく》だった。

そしてその後ろについてきていた男ふたりも前に出てきた。

「お前のせいで、俺たちまで肩身が狭い思いをしてるんだぞ！」

「下級位から全然位も上がらない！　お前のせいだ！」

そう吠えついてきたふたりは、玉卓の息子、つまり瑛琳の兄たちだ。

両方とも下級武官の服を着ている。武官として一度も出世していない証拠だ。

「俺のせいだと？　よくもぬけぬけと、お前らの不出来のせいだろう？」

悠炎が馬鹿にしたようにそう言うと、三人の男たちはカーッと面白いほどに顔を赤くし目を吊り上げた。

「お、俺たちは、名門江家の男だぞ！　不出来だなどと、そんなことがあるか！」

「そうだ！　俺たちには、類まれな仙術の才がある……！　評価されないのは、お前が不義を起こして出奔したからだ！」

息子がふたりして講義の声をあげるのを悠炎は鼻で笑った。

「類稀な仙術の才能？　笑わせる。お前らにそんなものはない。お前らは、いつもそうだ。己より優れた才を持つ者を見つけると、相手の足を引っ張って自分より下に陥れようとする。俺の時もそうだったな？　まあ、俺の場合は、その前に遥か高みに上り詰めたからなにもできなかったようだが」

悠炎が見下げてそう言うと、息子たちは悔しそうに唇を噛んだ。図星だったのだろう。実際、悠炎を陥れようとしたが、まったく歯が立たなかったのだ。

なにも言えないでいる兄弟に代わって、玉卓が声を張り上げた。

「よくもぬけぬけと！　お前を助けてやった恩を忘れたのか！」

そう吠えついてきた玉卓に、悠炎は睨み返す。

「馬鹿なことを。俺を助けたのは瑛琳だ。お前らではない」

「ハッ！　瑛琳！　ああ、もうその名を聞くだけでイライラする！　どうせお前が出奔したのは、あの女のせいだろう？　神の生贄になってせいせいしたと思ったら、いらぬ騒動を起こしおって……！　まったく最後まで親不孝な娘だ！」

吐き捨てるような玉卓の言葉を聞いて、スーッと血の気が引く思いがした。

「生贄になってせいせいした、だと……？」

あまりのことに声が掠れた。

悠炎の変化に気づかない玉卓の息子たちが口を開く。

「妹の毒牙《どくが》にかかるとは、炎獅子の将軍とも呼ばれたアンタが情けない！　女の分際であの化け物じみた力を知らないのか？　まったく分をわきまえない愚かな妹だった」

「そういえば、妹はいつもいつも物欲しそうに俺たちを見ていたなぁ。あんな怪物に優しくするわけがないってのに」

下卑《げび》た笑い声に不快感が膨れ上がる。

もう我慢がならなかった。

消し炭にしたい。だが、それを果たして瑛琳は喜ぶだろうか。

「お前たち！　なにをしている!!」

突然、怒声が聞こえた。

江家の男たちは、ハッとして怒声のした方へと顔を向けた。

そこにいるのは、なんとこの国の皇帝だった。

十人ほどの侍衛を引き連れて、怒りの形相でこちらに向かってきている。

それを認めて、悠炎以外の三人は床に平伏した。

頭を下げながら父親が口を開く。

「へ、陛下……！　しかし、我が道場の面汚しがのうのうと戻ってきたと聞いて、居てもたってもいられなかったのです！　この男の処分はどうか我らにお任せいただきとうございます！」

玉卓はそう懇願したが、皇帝からの返事はない。それどころか違和感があった。

顔を伏せているのではっきりとは目に見えないが、皇帝らしき人の影が小さくなっている。

不安を覚えて顔を上げると、そこには信じられない光景があった。

「な……!?　へ、陛下……!?　な、なぜ、頭を下げているのですか!?　しかも裏切り者の悠炎相手に！」

悲鳴に近い声だった。なにせ国の頂点に立つ皇帝が、床に額づいている。そして額づく先には、悠炎がいるのだ。

しかも悠炎の方は、それを当然のように見下ろしている。

ひやりと嫌な汗が背中を伝った。

「鳳凰神様、どうかお許しを！　この愚かな者どもは煮るなり焼くなり好きにして構いませんので、どうか今まで通りの豊穣の恵みを！」

皇帝の口から、信じられない言葉が漏れる。

「は？　鳳凰神？」

玉卓の後ろで平伏していた息子たちから、間の抜けた声がした。

皇帝は江家の三人を睨みつける。

「いい加減にしないか！　このお方をどなたと心得る！　頭を下げる相手は余ではない！　鳳凰神様だ！」

江家の男たちは皇帝の言葉に、あんぐりと口を開けた。

信じられないとその顔に書かれている。そしてその阿呆面で悠炎を見上げた。

「悠炎が……鳳凰神……」

玉卓が震える声でそう呟いた時、「無礼者が！」という怒声とともに、誰かに無理やり頭を押さえつけられた。皇帝が引き連れていた侍衛だった。

額に血が滲むほどに強く頭を押さえつけられながら、玉卓たちはとんでもないことをしでかしたのだと、やっと理解した。

その様をずっと冷たい眼差しで見下ろしていた悠炎はゆっくりと口を開く。

「愚かな玉卓よ。名門江家が聞いて呆れる。己の才のなさを受け入れられず、血を分けた娘である瑛琳の才を妬み、彼女を見下すことで自身が上位であるという優越感に浸った。江家の道場の名が落ちたのだとしたら、それはその醜い心のせいだ」

悠炎の言葉に、江家の男どもは震え上がった。それほどの冷たさだった。

自身が言われたわけでもない皇帝とその侍衛たちまでもが恐怖で震えていた。

「ところで、皇帝よ。先ほど、この男どもを煮るなり焼くなり好きにしてよいと言ったな？」

「は、はい。もちろんです」

「本当は、このまま燃やし尽くしてやりたいが、しかしあれでも俺の愛する瑛琳の家族だ。処分については……そうだな、彼女に委ねよう」

悠炎がそう言うと、江家の男どもは身を縮めた。恐怖のために平静でいられず、ハッハッと浅い呼吸を繰り返す。

その様を愉快そうに見下ろしながら、悠炎は話を続ける。

「瑛琳の決定が下るまでは、此奴らの身は皇帝に委ねる。……ああ、くれぐれも忘れるなよ。この男たちは俺の怒りを買った。それなりの処遇で扱え」

悠炎の言葉に、皇帝が短く返事をして承知した。

すでに江家の男どもの顔色は青白いものから死体のような土気色に変わっている。

瑛琳に対してひどいことをした自覚がある彼らだからこその絶望が、手に取るようにわかった。

おそらく瑛琳は、罰を望まない。だが、瑛琳のような強く美しい慈愛を持たぬ彼らには、瑛琳が許すなんて想像できないだろう。今までの行いを振り返り、復讐されると思い込んでいるのだ。

（まあ、瑛琳には言うつもりはないがな。瑛琳は優しい。優しすぎる。言えば奴らを許してしまう）

だが、悠炎は許せそうにない。これほど暗い感情が自分の中にあったことに驚くほどに目の前の人間が憎らしいのだ。

（このままいつ惨《むご》たらしく殺されるかわからない恐怖に怯えながら、罪を償えばいい）

悠炎は恐怖に震える三人の男を見下ろしながら、心の中でそう吐き捨てた。

◆

瑛琳は寝台に座りながら、刺繍《ししゅう》を刺していた。

赤子たちに着せる予定の白い肌着に、淡い紫の蓮《はす》の花の紋様を描いているのだ。

三つ子のうちひとりは男の子で、ふたりは女の子だった。

女の子の桃色の蓮の肌着は二着とも完成しており、あとは男の子のために淡い紫色の蓮を刺した肌着を仕上げるのみ。その一着ももうすぐ終わる。

作業に没頭していると、開け放たれていた窓から、心地のいいそよ風が吹いた。

乱れそうになる髪の毛を軽く押さえてその爽やかな風の感触を頬で楽しむと、近くで「キャッキャ、キャッキャ」と楽しそうにはしゃぐ三人の赤子たちの声が聞こえた。

大きな寝台の上に寝転がる、瑛琳の可愛い赤子たちだ。

籠に入れられ旅をしていた時よりも随分大きくなった三つ子たちは、最近よく笑うようになった。

鳳凰天地で暮らし始めてから乳を欲しがることはなくなったが、自分たちの周りに溶け込む神力を吸い上げてみるみる成長していく。

産まれた時は、一般的な新生児よりも随分と小さかったのに、あれからひと月ほどで、普通の赤子よりも大きくなっていた。

もうあの時、旅のお供に使った籠に入れそうもない。

赤子たちは背中の翼が気になるのか、早くも寝返りを行い、頻繁に翼をパタパタと動かしたり、時には他の兄弟たちの翼を触ったりと、わんぱくぶりを見せている。

成長の速さは、さすが鳳凰の子というところだろうか。赤子のために繕った肌着がすぐに入らなくなるので、縫っても縫っても新しいものが必要になる。

だがその忙しさが、瑛琳にはとても心地いい。

新しい肌着が必要になるのは、その分赤子たちが成長をしている証なのだから。

「瑛琳様、失礼いたします」

そう声をかけて部屋に入ってきたのは凰蘭だった。

瑛琳は凰蘭が来たとわかるとさっと刺繍道具を背中に隠すが、手遅れだった。

じっと睨めつけるような視線が瑛琳に注がれる。

「瑛琳様、また刺繍でございますか。まったく、何度言えばご理解いただけるのか。瑛琳様のお体はとても疲れておいでなのです。ちゃんと大人しく養生してくださいませ」

「で、でも……」

「でも、ではありませんよ。産後の体にあれほどの無理を働いたのです！　今はなによりもまず！　お体をお休めください！」

強い語気でそう諭され、さすがの瑛琳も観念した。

実際、瑛琳の体はボロボロだった。

産後にあれだけ動いたら、普通ならどこかで野垂れ死んでいてもおかしくない。瑛琳が無事だったのは、仙術が使えるからというのもあるが、単に運がよかっただけだ。そう言い切れるほどに、事がひと段落した後の体は限界に近かった。

「はい、すみません……」

そう、しゅんと視線を下に向けるが、瑛琳は少しだけ嬉しかった。

凰蘭は瑛琳の身を案じて怒ってくれている。家族になんの心配もされず無関心であることが当たり前だった瑛琳にとって、そういった気遣いは少しだけこそばゆい。

「そういえば、悠炎は今はどうしているの？」

「いつものように、叔父上たちを鍛えているところでございます」

「まあ、悠炎ったら、また……」

悠炎が鳳凰天地に帰ってきてすでにひと月。

最初の頃の悠炎は、鳳凰神が不在であるために発生した瘴気《しょうき》と言われる神気の澱《よど》みを祓《はら》うために昼夜を問わず働いていた。

というのも、この鳳凰天地の気の清浄さこそが、地上の豊穣につながるという。

そのため悠炎は怒涛の勢いで気を清浄にしたのだった。

その後は炎華国へ状況説明に行き、ようやく落ち着いたのは最近。

それからの悠炎は三つ子たちにべったりだった。

暇があれば瑛琳のもとに来て、赤子たちと添い寝や世話をしたがった。

小さなふくふくの赤子の頬に触れては、幸せそうに微笑む。

その光景は、瑛琳にとっても幸福な気持ちになるものだったのだが……赤子たちはどうやら不満があったようだ。

気に漂う神気を吸って成長する赤子は、神力には敏感だ。神である悠炎はもちろん膨大な神力を保有し、絶えず力を放っている。そのため悠炎がそばに来ると、彼の神力の圧を敏感に感じ取り泣いてしまうのだった。

凰蘭が言うには、人の子が乳を飲みすぎて吐いてしまうのと似ているという。

そういう事情で、赤子に無闇に接しないようにと凰蘭から注意された悠炎は、赤子のそばにべったりいることはなくなった。

短い時間なら大丈夫ということなので、毎日顔を見せに来てくれるが、毎度の別れ際に浮かべる表情は今までの悠炎からは想像もつかないほどに情けない顔つきだった。

そして、最近はその寂しさを、叔父たちとの槍稽古にぶつけているらしい。

花嫁として捧げられた瑛琳を拐うために悠炎がやってきた時、彼らが倒されたのは確かにそうだが、正直、不意をついたことが大きい。

しかし、叔父たちはそれを黙って受け入れ、悠炎の相手をしてくれていた。

彼らにとっても、悠炎は可愛い甥《おい》であり、実際に彼を育てたのは先代の鳳凰神の眷属であるこの叔父たちだ。悠炎の思いを受け止めるのが務めと思ってくれているようだった。

だが、本格的な槍稽古に叔父たちは生傷が絶えなかったが……。

「まったく、悠炎様は我らが見ていないうちに、随分とやんちゃになられました」

ため息混じりに凰蘭は言うが、その顔色はなぜか誇らしげだ。

それがおかしくて、瑛琳はくつくつと笑ってしまう。

表情が乏しいので冷たい印象を受けるが、案外素直な方だと最近の瑛琳は思うようになった。

「まったく、なにを笑っておいでなのですか……。呑気にしている場合ではありません。私どもとしては、本当は赤子のお世話もお任せいただきたいのですよ」

そう文句を言いながら、凰蘭は赤子たちが眠っている寝台の近くに来て、涎《よだれ》や汚れを拭き取るための布巾を置く。

そして寝返りを打って寝台から落ちそうになっていた赤子をひとり抱き上げた。

基本的には無表情な凰蘭の顔が優しく綻ぶ。

「……鳳凰の神の子のお世話は、代々鳳凰神の眷属、兄弟姉妹が行うのが常なのです。加えて瑛琳様は養生が必要な身なのですから、私どもにお任せいただければいいのに」

「ええ、それは、わかっているけれど、やっぱりどうしても離れがたいのよ」

そう言って、瑛琳は赤子たちに視線を向ける。

小さく柔らかな瑛琳の子供たち。いつも一目見るだけでその愛らしい姿に夢中になってしまう。

「……私どもが、信用なりませんか？」

少し気落ちしたような声で問われて思わず瑛琳は目を見開き、すぐに首を横に振った。

「違う！　違うわ！　ただ、私は……そのような慣わしに慣れていないだけ」

慌てて否定するが、凰蘭の不満の色は晴れない。

瑛琳の出身地、炎華国でも、皇帝の子を産んだ妃は赤子の世話をせず、侍女や乳母《うば》に任せるのが常だ。

おそらく、鳳凰に嫁いだ今までの公主や妃にとっても、鳳凰神の眷属に赤子を任せるのが普通のことだったのだろう。だが瑛琳にはどうにも慣れない。

「それでも、今だけでもいいので、私どもにお任せいただきたい。瑛琳様のお体が心配なのです」

そう真剣に言われては、瑛琳は返す言葉がなかった。

赤子たちは神気を吸って生きているのでお腹が空いて泣くことはないが、赤子は意味もなく突然泣きだすことがある。そのたびに睡眠が途切れてしまうのも事実。

一般的な子育てと比べれば恵まれてはいるが、それでも産後に無理を重ねた瑛琳の体は悲鳴をあげ続けている。

「わかりました。凰蘭、赤子たちのことを任せてもいいかしら」

瑛琳のその言葉に、パッと凰蘭は顔を明るくさせた。

「ええ、もちろんでございます」

そう答えた凰蘭は赤子をふたり、大きな揺り籠に乗せ、ひとりを片手で抱えると、軽やかな歩調で部屋から出ていった。

（すごく、嬉しそう……）

楽しそうな鳳凰の背中を見送ったら、途端に辺りが静かになった。

瑛琳は部屋にひとり。空になった赤子用の寝台を見ると寂しい思いもあるが、ゆっくりと体を休めたいのも事実。

寝台に寝転がり、掛け布団を肩までしっかりとかけ、暖かな昼下がりの日差しを浴びてゆっくりしていると、今までのことが夢だったような気さえしてくる。

家族に虐げられていた瑛琳が、勇気を出して悠炎を救ったことがすべての始まり。

それから、皇帝陛下からの命で教え子を持ち、妃として後宮に入り、悠炎への気持ちに気づいたと同時に失恋をしたと思い込み、鳳凰神の生け贄花嫁になった。そして悠炎が救いに来てくれた。

当時のことを思い出して、思わず顔に笑みが浮かぶ。

誰も助けてくれない暗闇の中で、悠炎が、悠炎だけが瑛琳の光のようだった。

何度も何度も、瑛琳が絶望しかけるたびに、引っ張り上げて助けてくれた。

悠炎を愛している。

今が幸せであることは確かなのに、だがふと気落ちしてしまうことがある。

（私……悠炎に助けられてばかりね……）

そう思うと、あまりにも自分が不甲斐ないような気がしてくるのだ。

今思えば、瑛琳がつらい体で赤子の世話をしたがったのは、赤子のためだけではないのかもしれない。

(なにかをしてないと、悠炎に相応しくないような気持ちになってしまうからかも……)

悠炎は瑛琳を何度も助けてくれた。そのせめてもの恩返しに子供たちのお世話をしようと、なにかの形で彼の役に立ちたいと、そう思っているのかもしれない。

瞳を閉じてまどろむ中で、瑛琳はそんなことを考えたのだった。

柑橘《かんきつ》のような爽やかな香りと微かな汗の匂い。

瑛琳の大好きな人の香りだ。

その香りに包まれて、まどろんでいた意識が覚醒していく。

ゆっくりと目を開けると、辺りは薄暗かった。もうすっかり夜になっているようだ。

そして瑛琳が体を横に向けると、隣で片肘をついた手で頭を支えて横たわる悠炎がいた。

悠炎は瑛琳の方を見ていたようで、目が合うと、彼は少しだけ目を見開いた。

「悪い……起こしたか?」

申し訳なさそうにそう言う悠炎の姿に瑛琳は目を瞬いた。

「えっと……悠炎？　あれ、私……」

いったい、どういう状況なのだろうと起き上がろうとするのを、悠炎が瑛琳の手に自身の手を重ねる形でやんわり止めた。

「まだ、休んでいてくれ」

「でも……」

と言いながら、眠りにつくまでのことを思い出した。

三つ子たちを凰蘭に預けて、瑛琳は休ませてもらっていたのだ。

寝入ったのはまだ明るい時間だったので、十分な睡眠時間を得られたと言える。

「大丈夫だ。三つ子たちの様子を少し見たが、凰蘭がうまくあやしてくれている」

「そう、ですか……」

悠炎の言葉に安堵する気持ちもあったが、焦燥感のようなものも僅かに浮上する。

深い眠りにつく前に、うつうつと考えていたことが蘇った。

「悠炎、やっぱり、赤子の世話は、私がするわ……」

気落ちしたように言う瑛琳に、僅かに悠炎は目を丸くした。

「瑛琳が望むならそれをかなえてやりたいが……できれば今はまだ体を休めることを優先してほしい。凰蘭姉上には任せられないか？」

「違うの。そんなことないわ。でも……」

それは、単に瑛琳の気持ちの問題だ。なんと言葉にすればいいのかわからない。

惑う瑛琳の頬に、温もりを感じた。悠炎の手だ。

「なんでもいい。思っていることがあれば話してほしい」

優しく促されて、瑛琳は重い口を開いた。

「私、悠炎に助けられてばかりで……申し訳ないと思ってしまうみたい。実際、ここに来てから、あなたのためになにもできていないから」

思ってもみなかったことを言われたのか、悠炎は目を見開いてしばらく固まった。

瑛琳は彼になんて言われるかが恐ろしくて視線を逸らす。

「瑛琳、馬鹿なことを。助けられてばかり……？　違うだろ。俺を助けてくれたのは、瑛琳だ」

「確かに、最初はそうだったけど……」

それは最初の一回だけだ。それだけ。

それからは、悠炎に頼ってばかり。少なくとも瑛琳はそう思っている。

「最初だけじゃない。それからずっと助けられている」

「ずっと？」

思い当たる節のない瑛琳は首を傾げた。

「本当にわからないのか？」

呆れた様子で悠炎にそう言われるが、本当に思い当たらない。

「今も、助けられている」

そう答える悠炎の眼差しは真剣で、瑛琳の心を慰めるために適当なことを言おうとしているのではないことは伝わってくる。

だが、瑛琳にはどんなに考えても答えは見つからない。

「……瑛琳がいたから、ここまで来られた。瑛琳がいるから、強くいられた」

「悠炎……あなたは最初から強かったわ」

瑛琳がそうこぼすと、悠炎は苦笑いを浮かべながら軽く首を横に振る。

「それは違う。俺は弱い奴だった。幼い頃なんて、本当に、いつも兄の後ろに隠れているような子供で……臆病だった」

「……本当に？」

にわかには信じられない。でも、昔の悠炎をよく知る凰蘭もそのようなことを言っていた。

瑛琳の知っている悠炎は強かで、頼もしい。実際、炎華国でも臆することなく戦に出て活躍し、周りから一目置かれていた。炎華国の者は誰もが悠炎は強いと思っている。

「本当だ。記憶を失って、瑛琳の家に置かれた時、本当は恐ろしかった。だけど、幼い瑛琳が、そんな俺を必死に守ろうとしてくれていた」

「それは、だって……私が勝手に悠炎を助けてしまったから、責任を持たないとと思って、それだけよ。それに守ろうとして、結局守れはしなかった。悠炎は自分の力で自分の身を守ったのよ」

少し気落ちしたようにして答える瑛琳に、悠炎はくすりと笑う。

「瑛琳は、いつもそうだな。いつも自分の魅力に鈍い」

「鈍いと言われても、私に魅力なんて……」

瑛琳が言い訳がましくなにかを言おうとした時、悠炎が覆い被さってきた。と思ったら、唇を塞がれる。

目を見開いて固まっている瑛琳の唇に、悠炎が触れるだけの口づけを落とす。

突然のことで鼓動が跳ねてなにも反応できないでいると、悠炎が離れた。

「それ以上言うなら、俺の唇で口を塞ぐぞ」

先ほどまで瑛琳の唇に触れていた悠炎の口角が上がる。

「もう塞がれたと思うのだけれど……」

慌てて唇を押さえながら、顔を真っ赤にした瑛琳がそう答えた。

「うん。可愛かったから、我慢できなかった」

「もう……！　そうやっていつも私をからかって」

不満げに唇を尖らせると、悠炎は熱を帯びた瞳で瑛琳を見下ろす。

ふたりは夫婦となってからもう一年以上が経つ。だが瑛琳はいまだに悠炎に見つめられると初恋をした少女のように胸が高鳴る心地がして落ち着かない。

逃げるように視線を逸らそうとするが、悠炎が許さなかった。

顎に手を添えて、まっすぐ自分の方へと向かせる。

「瑛琳は魅力的だ。今も、もちろん幼い頃も。……俺よりもずっと幼い少女が、家族に虐げられて、なおも健気に生きる姿に尊敬にも似た気持ちを抱いた。目が離せなかった。そんな瑛琳を守りたくて、俺も強くなりたいと思ったんだ。瑛琳、君がいるから、俺は強くなれた」

悠炎のその言葉に、幼かった頃の自分が救われていくような気がした。

邪険にされても、無下にされても、それでも家族の愛を欲し続けていた自分を、瑛琳はずっと愚かだと思っていた。

でも、悠炎はそうではないのだと言ってくれた。

あの頃、頑張っていた幼い瑛琳が報われていく。

「そんな風に、思っていてくれていたなんて……。てっきり、悠炎が優しいのは、命を助けた恩を感じていただけなんだと思ってた……」

「それだけの気持ちで、ここまで一緒にいるわけないだろ」

悠炎は、瑛琳に覆いかぶさった体勢のまま、器用に肩をがっくりと落としてみせた。声も呆れ返るような口調だ。

「でも……ん」

瑛琳の唇が、再び悠炎によって塞がれた。

しかも先ほどのような触れるだけの口づけではなく、深いものだった。

しばらく悠炎からの噛みつくような口づけに翻弄《ほんろう》されていたが、ふと解放されたので瑛琳が瞳を開く。すぐ近くに唇を濡らした悠炎がいて、ニヤリと笑う。

「瑛琳が自分の持っている魅力に無自覚なのは、俺のせいな気がしてきた。俺が、瑛琳のことをどれだけ愛しているか、伝えきれていないらしいからな。だから、今日はたっぷり――」

と悠炎が話す途中で、こんこんと扉を叩く音がした。

慌てて悠炎と瑛琳が振り向けば、扉の前に凰蘭が立っていた。部屋の中に入ってから扉を叩いたらしい。まったく気づかなかった。

そして不機嫌そうな顔をした凰蘭は、じろりと悠炎に鋭い眼差しを送る。

「悠炎様、いったいなにをなさるおつもりですか？」

「あ、姉上……」

先ほどまで瑛琳を前にして余裕の表情を浮かべていた悠炎の姿はそこになく、どこか怯えたような目で凰蘭を見る。

「悠炎様、まさかとは思いますが、瑛琳様のお体に無理をさせるおつもりでしょうか」

絶対零度の眼差しだった。

震えるようにして悠炎が首を横に振る。

「いや、まさか。違う。そんなつもりはない、もちろん」

悠炎はそう言って、瑛琳から離れて距離を取った。

「ほう、そうでしたか？　そのようには見えませんでしたが」

「ほ、本当だ。少しだけ、触れ合うだけのつもりで……」

「はあ、まったく。今の瑛琳様には、なによりも養生が必要なのですよ。わかっておいでなのですか」

姉からの小言を食らって、しゅんと頭を下げた。

反省の色は見えたが、凰蘭の小言は終わる気配がなく、悠炎はひたすら「はい、はい、すみませんでした」と頷き返している。

その様がおかしくて、瑛琳はくすくすと声を立てて笑った。

（私は人に恵まれたわ……）

幼い頃に欲した愛を、今はすべて持っているような気がした。

迷いなく愛を伝えてくれて、瑛琳の愛を受け止めてくれる悠炎。

こうやって気を遣ってくれる凰蘭に、そしてなにより可愛い我が子たち。

彼らと一緒にいられる日々のこれからを思った。

こんな穏やかな日々がずっと続くのだと漠然と信じられることが、とても幸せで……気づけば目元に涙が滲んでいた。

くすくすと笑いすぎたからだろうか。それとも、胸の中に今あふれている温かな気持ちのせいだろうか。

瑛琳は、滲む涙を指でなぞったのだった。

完

あとがき

こんにちは、唐澤和希です。

この度は本書を手に取ってくださって誠にありがとうございます。

今作は、またまた中華後宮ファンタジーです！

家族愛に恵まれなかった少女が、麗しい青年の命を助けるところで物語が始まります。

親に見放されて自分に自信を持てなかった主人公が、青年の命を助けることで自信を持てるようになり、青年は健気で優しい主人公に惹かれていく。

しかし、不運にも二人は引き離されて……!?

と言った内容で、逆境にも負けずに成長していく主人公とヒーローの頑張りを見守っていただけたら嬉しく思います。

私は個人的に、強めな女主人公ものが大好きです。

強いというのは、腕っぷしが強いとか、魔法が最強とか（そういうのも好きなのですが）だけでなく、精神的に強い感じの主人公が好きです。

今作の主人公もとても強いです。

家族に恵まれずひどい扱いを受けているのですが、それでも相手を恨まず、人に対して思いやりをもって接することができて、とても強い人なんだなと思います。とはいえやはり本当はいっぱいいっぱい。壊れそうな心をヒーローが守ってほしい……！　そして早く幸せになってほしい！　という気持ちで書きあげました。楽しく読んでいただけたら、とてもうれしく思います。

それでは最後に謝辞を。

表紙を描いてくださったくにみつ先生、担当編集の三井様、妹尾様、校正担当者様をはじめとした本作の出版にご尽力いただきました皆様、大変お世話になりました！ありがとうございます！

そして本書をお手に取ってくださった皆様に、最大の感謝を！

またお会いできる日が来ることを祈って、後書きとさせていただきます。

唐澤和希

この物語はフィクションです。実在の人物、団体等とは一切関係がありません。

唐澤和希先生へのファンレターのあて先
〒104-0031　東京都中央区京橋1-3-1　八重洲口大栄ビル7F
スターツ出版（株）書籍編集部 気付
唐澤和希先生

後宮の生贄妃と鳳凰神の契り

2022年7月28日　初版第１刷発行

著　者　唐澤和希　

発 行 人　菊地修一
デザイン　カバー　北國ヤヨイ（ucai）
　　　　　フォーマット　西村弘美
発 行 所　スターツ出版株式会社
　　　　　〒104-0031
　　　　　東京都中央区京橋1-3-1　八重洲口大栄ビル7F
　　　　　出版マーケティンググループ　TEL 03-6202-0386
　　　　　（ご注文等に関するお問い合わせ）
　　　　　URL　https://starts-pub.jp/
印 刷 所　大日本印刷株式会社

Printed in Japan

ISBN　978-4-8137-1300-5　C0193

スターツ出版文庫　好評発売中!!

『壊れそうな君の世界を守るために』　小鳥居《ことりい》ほたる・著

高校二年、春。杉浦鳴海は、工藤春希という見知らぬ男と体が入れ替わった。戸惑いつつも学校へ登校するが、クラスメイトの高槻天音に正体を見破られてしまう。秘密を共有した二人は偽の恋人関係となり、一緒に元の体へ戻る方法を探すことに。しかし入れ替わり前の記憶が混濁しており、なかなか手がかりが見つからない。ある時過去の夢を見た鳴海は、幼い頃に春希と病院で出会っていたことを知る。けれど天音は、何か大事なことを隠しているようで…。ラストに明かされる、衝撃的な入れ替わりの真実と彼の嘘とは——。

ISBN978-4-8137-1284-8／定価748円（本体680円+税10%）

『いつか、君がいなくなってもまた桜降る七月に』　八《はち》谷紬《やつむぎ》・著

交通事故がきっかけで陸上部を辞めた高２の華。趣味のスケッチをしていたある日、不思議な少年・芽吹が桜の木から転がり落ちてきて毎日は一変する。翌日「七月に咲く桜を探しています」という謎めいた自己紹介とともに転校生として現れたのはなんと芽吹だった——。彼と少しずつ会話を重ねるうちに、自分にとって大切なものはなにか気づく。次第に惹かれていくが、彼はある秘密を抱えていた——。別れが迫るなか華はなんとか桜を見つけようと奔走するが…。時を超えたふたりの恋物語。

ISBN978-4-8137-1287-9／定価693円（本体630円+税10%）

『龍神と許嫁の赤い花印～運命の証を持つ少女～』　クレハ・著

天界に住まう龍神と人間である伴侶を引き合わせるために作られた龍花の町。そこから遠く離れた山奥で生まれたミト。彼女の手には、龍神の伴侶の証である椿の花印が浮かんでいた。本来、周囲から憧れられる存在にも関わらず、16歳になった今もある事情で村の一族から虐げられる日々が続き…。そんなミトは運命の相手である同じ花印を持つ龍神とは永遠に会えないと諦めていたが——。「やっと会えたね」突然現れた容姿端麗な男・波琉こそが紛れもない伴侶だった。『鬼の花嫁』クレハ最新作の和風ファンタジー。

ISBN978-4-8137-1286-2／定価649円（本体590円+税10%）

『鬼の若様と偽り政略結婚～十六歳の身代わり花嫁～』　編乃《あみの》 肌《はだ》・著

時は、大正。花街の料亭で下働きをする天涯孤独の少女・小春。ところがその料亭からも追い出され、華族の当主の女中となった小春は、病弱なお嬢様の身代わりに、女嫌いと噂の実業家・高良のもとへ嫁ぐことに。破談前提の政略結婚、三か月だけ花嫁のフリをすればよかったはずが——。彼の正体が実は“鬼”だという秘密を知ってしまい…⁉　しかし、数多の縁談を破談にし、誰も愛さなかった彼から「俺の花嫁はお前以外考えられない」と、偽りの花嫁なのに、小春は一心に愛を注がれて——。

ISBN978-4-8137-1285-5／定価649円（本体590円+税10%）